一念起，万水千山

Walk into the distance,
just following
my heart

北石 著

人民东方出版传媒
东方出版社
The Oriental Press

谨以此书

献给

所有在路上的人!

目 录

自序
出发，成为更好的自己 · · · · · · · · · · · Ⅰ

CHAPTER 1
选择，
不希望生命一成不变

辞职去旅行，我的选择 · · · · · · · · · · 002
出发之前，请做好准备 · · · · · · · · · · 009
走出去才知道，你从不孤独 · · · · · · · · 014

CHAPTER 2
走向世界，
走向他人

偏见让人错失 · · · · · · · · · · · · · · · 022
放下执念，成为旅人 · · · · · · · · · · · 033
心怀善意，静待花开 · · · · · · · · · · · 048

CHAPTER 3
目之所及，
皆是改变

远方的他们，有对生活不一样的理解 · · · · 060
苦难教会人们的，不仅仅是珍惜 · · · · · · 070
不要难过，这里没有眼泪 · · · · · · · · · 082

CHAPTER

4 被关注的旅行

来自媒体的关注 · · · · · · · 094
父母终于知道，我辞职了 · · · · · 103
分享会上的邂逅 · · · · · · · 109

CHAPTER

5 同样的梦想，不一样的人生

即使一无所有，也不必悲伤 · · · · 118
没有人教我们如何遗忘 · · · · · 127
冷暖自知的苦与乐 · · · · · · 136

CHAPTER

6 突破自己，留下生命印记

他们偷走了我的背包 · · · · · · 152
接受挑战，见到最真的自己 · · · · 160
一次商业活动，打开了旅行新世界 · · 174

CHAPTER 7 当旅行成为职业

丢掉初心了吗？ 186

新的风光，新的视野 199

旅行为业，需敬业，更要专业 208

CHAPTER 8 在远方读懂幸福

幸福是初次见面的信任 218

幸福是找到适合的情绪出口 236

幸福是沿着自己的轨迹慢慢成长 251

CHAPTER 9 被旅行改变的人生

环游世界，从来都不是炫耀 266

被误解的中国人 272

不可复制的人生 276

后记

旅行，依旧 281

自序

出发，
成为更好的自己

2019 年 5 月 19 日，中国旅游日，浙江宁海。

当我在一旁听完颁奖词，接过奖杯，拿起话筒的那一刻，哽咽来得猝不及防，因为这样的时刻，从未出现在我的人生预设里。此刻被我握在手中的沉甸甸的"中国当代徐霞客"奖杯是中国特色旅行者的最高荣誉。拿着它，我的心也跟着变得沉甸甸的。

从 2014 年 7 月至今，已经过去八个寒暑，这八年来，我一直过着"在路上"的生活，不曾中断。

在非洲那段最自由的时光里，我每日望着遥远的蓝色天际，在视线所及的最远处，天空和草原紧紧相连，耳边萦绕着听不懂歌词的当地音乐和非洲鼓清脆的节奏，空气中满是热带青草和泥土混合的味道。我蓄着胡须和头发，随意地坐在草原上，这样的画面也未曾出现在我的人生预设中。也就在那一刻，我做了一个决定——离开北京。

2017年，我来到深圳。

深圳同北京一样，人潮匆匆，车水马龙，只是空气从干燥变为湿润，闭上眼睛听不见京韵绕梁，放眼望去也没有了曲折的胡同。与北京相比，深圳很年轻。每当我回想起这次选择，我常会哑然失笑，在我最青春年少的时候，住在年长厚重的北京，而当我岁数渐长之时，却扎根于一座充满青春活力的城市。

人生就是这样，在巧合与必然中交错着，我的很多决定都是在这种随心随性的时刻做出的，看似漫不经心，但多年之后却发现，这些决定都无一例外地契合了我当时的心境。在别人眼中，这或许是一种无心插柳柳成荫的侥幸，可事实上，我知道没那么简单。

如今，我已经完成了行走七大洲八十多个国家的旅程，我开始重新思索最初的问题：为什么要辞职去环游世界？当我这样反问自己的时候，旅行中的一幕幕又重新浮现在了眼前。

当初的理由依旧清晰明确，但我已经不再是当年那个夏天的我，蓦然回首，我才恍然，当初为了更大的世界而出发，但这其实从来都不是旅行真正的目的。

就像唐三藏西天取经一般，看似取经是目的，可实际路上所经历的九九八十一难才是真正的所得。环游世界的真正目的是对自我的历练，出发只是实现这个目的的一种方式。当我认清这一点之后，世界就变了。我不会再受身边声音的影响，因为

一念起，万水千山

∧ 手捧"第八届中国当代徐霞客"奖杯的瞬间，让我至今难忘

我知道，那些质疑、否定和指责只是八十一难之一；我不会再因为无所事事地坐在撒哈拉沙漠中而心神不宁，因为我知道，这一刻的体验将带给我改变；我也不会再因为遇到一点阻碍或困难就崩溃，因为我知道，这些都是在塑造自己的过程中最珍贵的经历……

七年来，我完成了环游世界的梦想，将旅行变为职业，把梦想变为事业，我也从一个行走的背包客变成了一个独立的创业者。回顾当初，我在一部音乐剧的感召下决定辞职去旅行，在非洲的草原上决定从一个城市搬去另一个城市，在德国啤酒的香气中决定了自我的转型，在印度洒红节的狂欢中决定成立公司正式创业……在这些并非正式严肃的场景中，我所做的决定却都认真而明确。

其实，在决定做出的那一瞬间，我心里并不敢肯定它们的对错，这和旅行一样，出发时你不会知道抵达后是否会失望，可这无关紧要，重要的是，你有勇气和力量去承担每一个决定的后果。这正是旅行教会我的最重要的东西。

如今，对我来说，趁年轻走出去看世界的梦想已经实现，这一段在心尖上跳动的岁月虽已成为一段记忆里的往事，但它们注定会持续不断地影响着我的未来。现在，我坐下来回忆这段时光，用文字记下在这段岁月里遇见的感动，也记下它在思想上、认知上，以及对待人生的态度上给我带来的改变。关于本书，我将从为何辞职开始谈起，然后我将带你一起重新回到那些给我带来深远影响的地方，印度、埃及、南极、伊朗、古巴、巴基斯坦、以色列……我也将与你一起分享这一路走来我的所感、所悟。

在本书中，我还将谈到另一个问题——如何将爱好变为事业。在我和网友的交流中，我发现很多年轻人对旅行的向往和渴望已经延伸到想将其转变成职业，但其实很多人对于这个职业的认知有一些想当然。所以，在书中我也会针对这个问题，与大家分享我的经历和思考，以期大家能够彼此共勉。

最后，我要感谢一路走来一直支持我的家人和一直关注我的朋友们。我们都各自奔走在自己的人生道路上，为了成为更好的自己而努力着。我相信只要拥有彼此，我们就不会孤单。

> 2014年年底，我站在埃及地中海海边的悬崖上，终于可以抛开所有牵绊，成为那个自在如风的少年

自序

CHAPTER 1

选择，不希望
生命一成不变

2014
07月

辞职去旅行，我的选择

辞职去旅行，是我有生以来做过的最有意义的决定。

毕业那一年，我入职伊利集团，随后直接去了呼和浩特。在呼和浩特，因为工作需要，我时常能够接触到从北京出差而来的同事。他们就像一扇扇窗户，让我从侧面看到了北京的生活，精彩的、前卫的、有趣的，为我打开了新的视野，也使我发现关于生活的更多可能性。

现在回想起来，似乎从那时开始，我的人生就埋下了一个开关，让我总会在某些重要的时刻遇到一些人或事，为我的生活掀开一角帘幕。而我，就像一个充满好奇的孩子，跟随那帘幕下透出的点点微光，走进一个不一样的世界。

几个月之后，我有机会调到北京工作，正式开始了我在京城的生活。三年时间里，我努力工作、认真生活，在北京自由包容的氛围里慢慢褪去稚嫩。最终我在伊利做到了经理的位置，工作忙碌而充实，日程中排满了会议，几乎每天都在头脑风暴想创意。在这样的工作环境中，我的经验快速积累，我也因此有了些许自信，手头上不多不少有了一些积蓄。当时的我还不能说在北京过得如鱼得水，但至少在这个城市，我能为自己撑起一片简单的天。

这样的状态，在我父母眼里，已经让他们很欣慰了。我从贵州的小城市通过自己的努力考进省会城市的优秀高中，再通过高考走出了贵州省，毕业后进入知名企业工作，来到北京生活，接下来有幸的话，继续升职加薪，到了一定岁数便结婚生子，如此这般，这一生也算圆满。然而世事难料，我的人生最终没有按照他们期待的样子走下去，事实上，后来发生的一切，也超乎了我的想象。

正如我所发现的，我的人生有了开关，在一定的时候，它会放入一些人和事，让我做出改变。三年多日复一日的生活虽然锻炼了我，却也同样锁住了我。这一眼能望到头的生活，如同一潭死水，平静得没有一丝波澜。

每天清晨，我匆忙洗漱后挤上人流如织的地铁，在戴着耳机或端着手机的人们脸上看不出任何喜怒哀乐。出地铁，进单位，打卡，吃早餐，开电脑，杯子加满水，整理着装坐下，敲打着键盘开始一天的工作。不知道从什么时候起，这一切成了一条流水线作业，甚至成了一种惯性推着我前行，让我不用再去思考。真正可怕的地方正在于此，我再也找不到自己所作所

CHAPTER 1 选择，不希望生命一成不变

为的意义，当生活全靠着惯性推进，就如同一段感情中只有责任没有爱，注定要慢慢走向枯萎。

这种感受一次次向我袭来，我试着为自己寻找继续下去的理由。我看向身边的人，去品味他们的喜怒哀乐，可令我失望的是，我越了解他们的生活，就越肯定那不是我想要的。

直到有一天，我人生的开关开启了，它悄悄往我的生活中注入了新的元素。

那是2013年的年末，北京进入了寒冬，越是在这样的季节，人越容易陷入感伤。那个冬季，我走进剧院，与热情似火的《妈妈咪呀》不期而遇。

演出现场的音乐与演员们的表演让我很快就进入了故事之中。剧中的母亲已经年迈，可是面对青春正盛的女儿，她丝毫没有垂老的黯淡，甚至比年轻的女孩子更有活力。剧中的母亲与两位昔日好友那光芒万丈的模样直击我心。这样的活力从何而来？是那些属于她们的青春故事，是那些她们不曾辜负、也不曾错过的岁月，是那些她们用青春去创造的不留遗憾的回忆让她们最大限度地释放了生命，让她们永远年轻，哪怕已至耋老。

反观我自己，现在的生活，是否也能在年老之时让我不留遗憾、满载活力？我很确定：不能。现在的生活，可以锻炼我的能力，让我衣食无忧，可远远算不上精彩；它可以给我自信，却无法带给我欣喜与满足。正是这个答案，让我内心悄然改变。

我又想起另一个故事，一位年轻人问即将离世的老人："如果你有重生的机会，你会怎样去活？"老人说了一些他终其一生都没有去做的事,神情中带着忧伤的憧憬,最后他对年轻人说:"我会告诉自己,趁着年轻,多犯些错误。"

趁着年轻,多犯些错误!

这句话跟《妈妈咪呀》一起,久久萦绕在我心中,仿佛有一股巨大的力量在拉扯着我,让我做出选择。

我想起了儿时那些天真烂漫的梦想,有些是遥不可及的,而另一些呢?是否只需要一次转身,就能抓住?比如,那个被自己深深压在心底却依旧色彩斑斓的环游世界的梦。

"趁着年轻,多犯些错误",老人的话在我脑海中不断回响;《妈妈咪呀》里三位昔日好友神采飞扬的模样也一遍遍在我眼前浮现,那正是我所渴望的年老时的自己。

我想我应该去"犯点儿错误"了。

"辞职,去环游世界吧!"心里有个声音这样说。

我,无法拒绝。

我分明感受到了这一刻我内心的欢喜和激动。如果这个选择错了怎么办?那就错吧!"趁着年轻,多犯些错"又何尝不是人生的财富呢?试错,本就是人在年轻时应该去做的事。也许我会因为放弃眼前这一切而遗憾,但我绝不会后悔。因为我的心,已经在呐喊,此刻的心跳,早已说明一切。

一个人,背包去游历世界,说它是梦想也好,说它是我的个人情怀也罢,总之,在我人生26岁的时候,我要为自己尚好的青春真正留下些疯狂的印记和可供回味到老的体验。对与错、得与失,都已经不再重要,我只想在自己26岁的时候做一件直到自己 62 岁时都不会后悔的事。

当我理清思绪后,我来到公司办公室,递交了辞呈。

那是我在北京的第三个春天,天气依旧微凉,柳絮仍在纷飞,而我,已然不同。

在将公司后续工作交接妥当后,我开始确定预算,整理个人资料,办理护照和签证。我摊开世界地图,查找各国的旅游攻略,开始制订我的第一个旅行计划。最终我的目光锁定在了北纬 30°,我的第一条环游路线,因为那里有四大古老文明的发祥地,有神秘的金字塔和狮身人面像,有三毛笔下的撒哈拉,有至今仍是未解之谜的百慕大三角,有巴比伦浪漫的"空中花园",有高度发达却又不知为何突然消失的玛雅文明……当世界向我张开双臂,我的生命似乎也变得鲜活起来。

我将决定告诉了身边的朋友,也开始陆陆续续与朋友们告别。我早已懂得这世间之事,除去法律规定的大是大非之外,剩余的都是甲之蜜糖、乙之砒霜,所以我的决定,得到了身边一些人的支持与祝福,也遭到不少质疑和否定。可是,在唯一一次的生命中,别人的质疑和否定重要吗?都不重要了,因为我明白这是我的人生,是我听从内心的人生。称赞也好,批评也罢,我做了我认为我该做的决定。

当我真正把这个梦想提上日程时,我清楚地知道我放弃了什么,还有接下来会面临的各种困难。但我始终觉得,正是因为这么多的困难和暂时的牺牲,这件事情才更具挑战,才更值得拼尽全力。人生,或许就该这样。以往生活中,我一直觉得

缺少的东西，大概就是年轻时不顾一切、无所畏惧的冲劲吧。

为了记录与分享即将开始的行程，也为了寻找同行之人，我开通了自己的微博账号与微信公众号，将我的计划和想法传递出去。关于这个世界，我想了解的东西很多，我想去看看其他国家的同龄人是如何生活的，他们又有着怎样的追求和束缚；

∧ 北纬 30°，我首次环球旅行的路线，临行前，好友为我做了海报，那时远方的一切对我来说还只是一个问号

CHAPTER 1　选择，不希望生命一成不变

我想去看那些闻名于世的风景，也想去看那些不曾出现在报纸、杂志、网络和电视上的角落，那些最日常的别处的生活。我想将这些所见记录下来。那时，我没有想太多，也并不知道开通的微博账号与微信公众号会将我带去何处。可我的人生却因为它们，有了另一个转折。

护照、签证都已经办妥，房子也退了租，我也正式离开了公司。等这一系列准备工作全部完成，北京已入夏，阳光灿烂，心情正好。我在7月登上了从北京开往拉萨的火车，北纬30°环游，我出发了。

临行前，在夜幕之下的三里屯，我与朋友们行前相聚。挥别了稳定的生活，在朋友们的不舍与祝福下，我开始了与众不同的人生。深夜的三里屯，依旧热闹，这是北京生活的一角，别处的深夜又会是怎样的模样？我不由得轻轻微笑，因为我即将看到。

在灯红酒绿的三里屯，人群中是扑朔迷离的人生百态，他们中有的坚守，有的奔走，有的安稳，有的动荡，无论是怎样的面貌，都是逃不开的人生。此次远行，我并非要逃避这座城市的车水马龙，而是要去远方寻找更好的自己，创造精彩的回忆。也许一两年之后，我还会回到这繁华的城市中，可那时的我，必定不再是今日的模样。

一杯酒下肚，我对自己说，无论得失如何，永远不要背叛自己充满热血的内心和面对生命的真诚。

我终于踏上了开往世界的那趟火车，未来虽不知走向，不明结局，但它值得期待。

出发之前，请做好准备

火车穿过了西北，驶入令人无限向往的藏区。天空湛蓝，雪山出现，牦牛悠闲地在山脚下吃草，藏民的身影也远远可见，那充满特色的民族服饰里，是他们长长久久的虔诚世界。

此行，虽然看不见归期，但我却是一身轻松。夏日的阳光总是耀眼，可更耀眼的是生命里这全新的开始。令人厌倦的生活需要及时结束，因为在令人厌倦的生活里，生命也会变得黯淡无光。这么多年来，我总算读懂了陶渊明"羁鸟恋旧林，池鱼思故渊"的心情，也总算真真切切地感受到了"久在樊笼里，复得返自然"的欢愉。

尼采曾经说："一切从了解自己开始。绝不可自欺，也不要糊弄自己。要永远诚实待己，清楚自己到底为何种人，到底有着什么样的癖好，拥有什么样的想法，会做出何种类型的反

应。"鸟儿就该归林自由地飞，鱼儿就该在水中尽情地游，这世间，每个人都有属于自己的位置和要走的路。

我知道旅行是太多人心中的渴望，从小到大我们所读过的那些文学作品中出现的国家和城市，早已在心中被勾画了千百遍。雨果笔下的巴黎圣母院生长着纯粹的爱情；巴尔扎克笔下的法国是一幅万花筒般光怪陆离的社会图景；海明威远走欧洲带给我们的是一场移动的盛宴。尽管这些作品所记录的年代早已远去，可我们在字里行间依旧可以有着缤纷的想象。

有人想去日本感受一下村上春树的小资情怀；有人想去阿富汗亲自做一回"追风筝的人"；有人想追寻杰克的足迹去了解那"垮掉的一代"；有人想看一看《老友记》中的纽约街头；

∧ 坐上北京开往拉萨的火车，窗外风景如画，内心自在如风有人想去印度探寻那里的文化；有人想去非洲看看动物大迁徙；有人想走进《国家地理》杂志的风光大片中去感受自然；有人想站在北欧的星空下欣赏极光；有人想去清澈见底的热带海洋里浮潜；还有人想去罗马的许愿池边许下心愿……

旅行，是一件多么吸引人的事啊！

也许正是因为旅游有如此巨大的魅力，所以近几年，很多人选择了辞职去旅行，从"世界那么大，我想去看看"登上微博热搜榜，到微信朋友圈随处可见的旅行文字和图片，这些无时无刻不在触动着我们内心的渴望。很多人因为"生活不只眼前的苟且，还有诗与远方"，于是就选择了一场"说走就走的旅行"，虽然我也是其中的一员，但并不代表这种做法适合所有人。

辞职去旅行，是有风险的。

表面上看，我当初好像毫不犹豫地说走就走了，但实际上，在这个决定背后我是做了比较充分的准备的。那种什么都不顾、抛下一切去旅行的做法并不值得鼓励。我辞职的时候，已经有了三年多的工作收入作为积蓄，我是带着十万块钱出发的，这是我的经济基础。这十万块钱，在我的计划中，足够支撑我进行一年的环球旅行。同时，那时的我身上也没有其他的经济负担，孑然一身，没有房贷，除了父母，我没有任何顾忌。

所以，当你真的决定要辞职去旅行时，首先需要考虑的事情就是旅行费用，倘若当时没有足够的积蓄，我是绝不可能说

CHAPTER 1　选择，不希望生命一成不变

走就走的。如果你也和我一样对旅行充满热忱，请先做好经济上的准备。

除了资金以外，旅行本身也是一件有风险的事。在异国他乡，人生地不熟，潜在的危险随时都有可能发生，这一点不能不考虑。在尼泊尔的酒吧，我就遇到有人在酒中下药；在印度，也有朋友吃到了不知名的药物而命悬一线。面对这些安全隐患，你不仅需要有自我保护的意识，更需要积累应对的经验。

旅行在外，有一些基本的安全准则必须遵守。譬如，深夜不要外出，危险的地方不要去，购买的饮品如果离开过自己的视线就不要再饮用，在不太对劲的场合不要轻易接受他人的食物等。对于这个世界，我们既要相信美好，同时也不能放松警惕。

另外，不论你在旅行之前做了多么充分的准备，在旅行的过程中还是会碰到很多意外的状况，对于这一点，你也必须做好心理准备。失望和意外，也是旅行中必须承受的部分。比如，不管你在查阅信息时看到的图片多么壮观绝美，但当你亲眼所见时却有可能看到的完全是另一种景象。摄影师可以拍出引人入胜的风光大片，却拍不出看到这一美景所要经历的过程；他们可以拍出人们善良阳光的笑脸，却拍不到可能遇到的人心叵测。当你满怀期待地出发，前方等待你的是遗憾还是感动，没有人知道。同一个巴黎，在不同人眼中，是不一样的，甚至在同一个人眼中，也未必次次都相同。你永远不会知道，在旅行的过程中，你将会看到什么、遇见什么、得到什么、失去什么。听到这些，你可能会有些沮丧，可是，这种未知才恰恰是旅行最大的魅力。

　　旅行的美好，还常常会让我们产生一种错觉。这种错觉让我们搞不清楚自己旅行的真正目的。我在西藏一家青年旅舍的墙上看到过一句话——你到底是真的爱着远方，还是想要逃避家乡？看，这就是辞职旅行的一个陷阱。有时候我们长期处于一种生活状态中，难免会感觉乏味，但是这并不代表我们对这种生活彻底厌恶，也不代表我们对另一种生活真正渴望，也许我们需要的只是停下来歇一歇，然后再继续罢了。这时，你需要做的并不是辞职，而是给自己放个假，散散心，放松一下，仅此而已。导致自己状态不佳和心情压抑苦闷的原因有很多，真正的原因只有自己最清楚，是需要透透气再继续，还是对于目前生活感到彻底的失望与不满，你一定要想清楚再决定，杀鸡不需用牛刀。

　　最后，如果你真的决定要辞职去旅行，也需要对未来做一个规划，你必须考虑好当自己手中的积蓄花完以后，你准备去哪里，可以做什么，有什么选择。对于这些问题，如果你都能够给出满意的答案，那么则可以降低一些未来的风险。

走出去，才知道，你从不孤独

不知道是不是所有人在内心深处都害怕孤独，害怕格格不入；也不知道是不是所有人都会为这一生寻寻觅觅却遇不到那个认同自己的群体而感到沮丧。

在北京的时候，身边的人都过着朝九晚五的生活，彼此间都有着相似的生活状态。当我辞职后开始规划接下来的旅程时，忽然发现，我跳出了那个圈子，而新生活里，只有我一个人。

异类的感觉，虽然独特却也寂寞。其实我不太喜欢这种感觉。当你激动万分地想将下一步的计划告诉身边的朋友们时，得到的回应也许是，"你这样不太靠谱，就算你已经为这一年的旅行准备了足够的路费，但你回来之后呢？那时你将身无分文，一切又要重新开始，那时怎么办，你想过吗？"

我哑口无言。

那一刻我倒是想到了三毛，想到她类似的遭遇，以及她灵魂中的那股倔强。

当年三毛在德国，交了一个很上进很刻苦的男朋友，男友的理想是将来成为一名外交官。那时三毛每天将自己定在书桌前复习十几个小时，但她德文听写的成绩依旧不理想。当拿到成绩时，三毛的情绪已近崩溃，她奔到男友的宿舍放下考卷就大哭起来。男友虽也尽力安慰，但在说到成绩的时候加了一句，"将来你是要做外交官太太的，这样的德文，够派什么用场？"

三毛后来在她的作品中说，听完这句话，她抱起书本，掉头就走出了那个房间。

人在年轻的时候，都是很介意这种不理解的，无论对方的本意是什么。尤其在我们还没有建立起足够的自信前，我们都希望能够在别人的理解和认同中找到自我价值。

如果说在我辞职的时候，还有什么是我所担忧的，那大概就是这一点。我担心我的人生因为这次选择而失去了我原本的群体归属。

可是，从我抵达西藏时开始，这个担忧就消散了。

西藏是很多人向往的地方，我去的那一年，是藏历马年。在藏传佛教里，12年一次的马年转山能增加12倍功德，因此不远千里来西藏冈仁波齐转山的人比往年多很多。他们中有将近60岁的老人，有20岁的学生，有男有女，有的结伴而来，也有的独自一人前往。我所住的民宿挤满了游客，他们虽然各自怀揣着不同的梦想与追求,但心中的信念是一样的——只要走进西藏,就能找到方向,焕然一新。

住在民宿的那几天,我走进了一个全新的世界,生活与过去截然不同。大家见面交谈的内容不再是客户如何、项目如何,也不再是升职加薪和职业规划,取而代之的是签证该怎么办,下一个目的地是哪里。大家每天清晨各自出门,夜晚陆续归来,碰了面便分享一下今日行程中的各种收获,这种吵吵嚷嚷而又精彩无比的日子,不正是英国诗人济慈笔下的"宁做莽撞行走客,不当谨慎定居人"吗?此时的我终于释怀了,或许失去,真的是为了另一份得到。

曾经我觉得济慈这句话多少有些偏激,毕竟不是每个人都喜欢并适合做行走客。但就在拉萨那个皓月当空的夜晚,我忽然就理解了济慈。济慈笔下的莽撞,是生命中最鲜活的模样,那是一种真真切切地活着的感觉。安稳的生活的确有很多好处,却唯独缺少了眼前的这种鲜活。

而这就是我全新的开始,我脱离了一个圈子,走进了另一个。

到达西藏以后,我的下一站是去尼泊尔。我本以为这次环游世界就是我一个人的旅行,可来到西藏以后我才发现,只要你发出声音,你就不太可能只有一个人。在拉萨的民宿大厅,有很多寻找旅伴的信息,人们将自己的计划和行程详细地写在卡片上,有的还会附上对旅伴的要求,然后留下联系方式。

这样的相约让我看到了世界的某种规则——在这个世界上,

没有人是一座孤岛，只要你发出声音，就会引来同道中人的回应。旅行是人生的小小缩影，在旅途中出现的，在人生中也会有相应的场景。当你感到孤独的时候，或许只是因为你没有发出自己的声音；如果你发出了声音，依旧没有回应，那或许是你呐喊的地方不对。

旅行让我坚信，在这个世界上，不论你多么独特，都会有同类。

"你打算旅行多久回去？"我问同行的人。

"不知道，想什么时候回去，就什么时候回去，反正我已经辞职了。"她回答。

都说走出来，你才会知道天地到底有多大，同时也才会明白自己有多渺小。

在原来的圈子里，我像一个异类，可是到了西藏，我才发现辞职旅行的人多到数不过来。拉萨到处都有背包客的身影，他们中还有人离开家乡，随了自己的兴趣和情怀，在拉萨开起了客栈民宿，做了逍遥之人，就像武侠小说里的情节一般，在一个人人向往的地方，建了一个小站，迎接整个江湖。

那些已经从世界归来的人，已是一脸的风尘仆仆，而那时的我，才刚刚走进这个世界，心中充满了即将走出国门的激动与紧张。我手里攥着北纬30°环游的行程计划，到达尼泊尔之后，我会前往印度，伊朗是一定要去的，埃及也很想去看一看，遥远的墨西哥更是心中向往已久的地方。先按照这个计划出发吧，纵然未来还有很多未知，但这才让旅行更具魅力。

我不知道这一路我会遇到多少同行的伙伴，有些地方是度假胜地，去的人会很多，旅伴很容易找到，这一点从那民宿大厅的寻人栏里就能看出端倪。可是像阿富汗这样的地方，因为受战乱影响，危险重重，并不是玩乐之地，想去的人自然就很少。可我相信，虽然少，但也一定会有，即使我未必能遇到，可是，并不需要真的遇到，只要我知道会有人和我一样，想去那里看看世界的另一面，我的心底就不再觉得孤单。

"尼泊尔之后，你要去哪里？"同行的伙伴问我。

"印度。"我回答。

"那我们就要在尼泊尔分手了，我不去印度。"

我朝她点了点头，我们搭上了前往樟木口岸的夜车。

旅途不只告诉我你能够找到志同道合的人，也在告诉我没有人能和你一直同行。你永远不会孤单，但也不会有永恒的陪伴，人生与旅途一样，生命中遇到的每个人，都只能陪你走过一个阶段。

从环游世界的第一站开始，我就意识到，如果能读懂旅行，大概就读懂了人生。而我的人生，已经脱离了那谨慎定居的轨道，开启了莽撞行走的新篇章。

> 2014年7月12日，我第一次踏出了国门，在之后的旅途中，五星红旗始终陪伴着我

CHAPTER 1 选择，不希望生命一成不变

印度
＋
埃及
＋
伊朗

CHAPTER

2

走向世界,
走向他人

2014

07月

10月

偏见让人错失

"这辈子我都不会去印度的!"千里之外的好友坚定地说。

我隔着手机屏幕都能感受到他的坚决,也能想象出他皱着眉的神情。至于是什么让他如此坚决地拒绝印度,我没有深究,因为那一刻我正站在一位印度老者身旁,全身汗毛竖立。那位老者穿着一身鲜红色外袍,身边一条不知道是印度风还是波西米亚风的脏毯上,一条蛇正跟着他的笛声缓缓扭动。那条蛇从地面缓慢爬至他的身上,直至最后盘旋在老者的肩膀处。

此情此景让我彻底僵住了,几乎动弹不得,理智告诉我,"别怕,这冷血的家伙会听从笛声的指挥,我要淡定"。但身上还是禁不住一阵阵汗毛直立,犹豫片刻之后,我决定走为上策。

转过身,我刚打算张嘴深呼吸调整一下情绪,结果差一点吃了一口苍蝇。低头一看,这街道上简直让人眼花缭乱,牛、

∧ 在印度教圣城瓦拉纳西，经常可以看到手持三叉杖的苦行僧

羊、狗，大便、垃圾随处都是，空气里还有一股无法形容的味道，此地绝不适宜做深呼吸。

我摸出手机，回了好友一句话，"从某个角度上来说，你不来印度是对的。"

可我心里很清楚地知道，来印度，是正确的选择。

如果问这个世界上哪一个地方最能让人感受到因偏见而错失的遗憾，那一定是印度。

由于大量负面新闻的报道，我们对印度都有一个先入为主的印象，这里很脏，很乱，很危险；女生不能单独来，甚至一对情侣前来都是危险的；这里的食物也没法吃，卫生条件很差，会生病。说实话，这些印象都是真实的，但我想说，这不是印

∧ 黑夜里，谁又为谁照亮前程

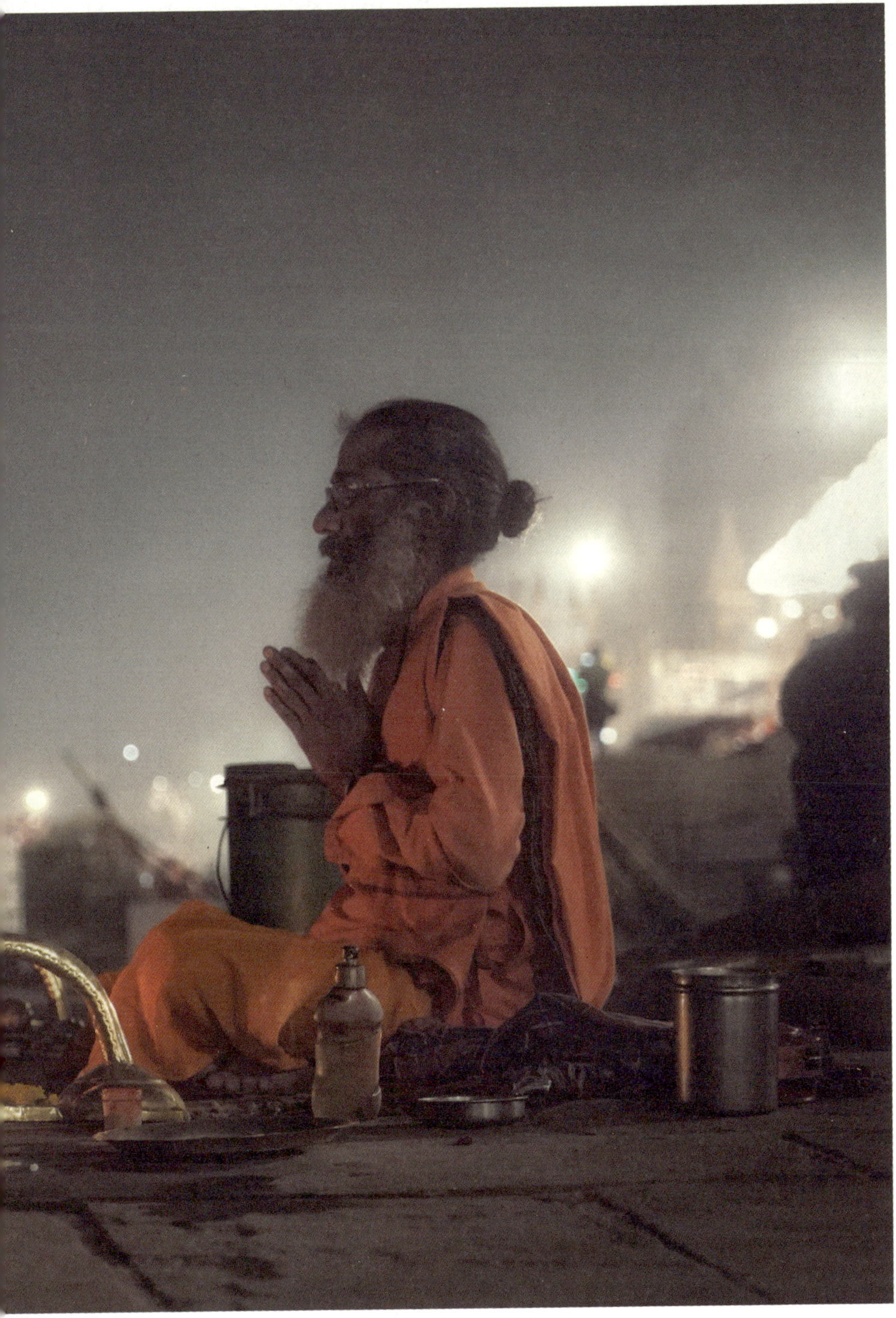

∧ 印度街头，牛随处可见

∨ 光脚奔跑的孩子对外国人充满着好奇

一念起，万水千山

度的全部。

我曾经在电影的世界、佛学的书籍以及泰戈尔的诗中幻想过印度之旅，可世上所有的幻想都和现实的实际情况存在着差距，它们总是有出入的。在印度这样一个历史悠久、构成复杂的国度里，国与国之间的差异，甚至是印度国内城市与城市之间的差异，都在不断刷新着我的认知，以往对于这里的偏见，也随着旅行的深入而一点点地瓦解。

对于印度的认知，我的第一个转变是女生不能单独来这里。当时跟我一同前往印度的就是一个女生，到了印度之后，我们又遇见了几位单独前来的女生，而且她们都是"90后"。这样的相遇，我在惊讶之余，更多的是佩服。据我了解，她们最后都安全回到了国内，并无任何意外发生。说这些，我并非鼓励女生单独前往印度，我只想说明，任何时候危险都会存在，某个地方有危险，并不意味着那里就只有罪恶。同时我也更加确定，有些偏见，只有亲自前往之后才能被消除。

在环游世界的旅程中，最大的挑战大概就是要如何伺候这个中国胃了。在离开中国33天后，我来到了印度一个名叫克久拉霍的小村庄，我终于在当地人的家中找到了下厨的机会，亲手做了一顿中餐。热情的印度人，真诚地欢迎我来做客，将家门向我敞开，释放善意。我发现，他们其实很愿意和我分享他们生活中的点点滴滴。

我在厨房里环视了一周，调料少得可怜，但随着起锅下油的那一瞬间，火的热度将油熬得吱吱作响时，我的内心却随之

CHAPTER 2　走向世界，走向他人

产生了一丝莫名的满足。在后来的日子里，我虽然经常身处异国他乡，但不论在什么国家，只要我站在厨房里，便能感觉到祖国就在身边，这是一种很奇妙的家国情感的联结。

"家里都是妻子做饭吗？"我一边做饭一边和家中的男主人——一位印度小哥聊天。

"当然！"在一旁看我做饭的印度小哥回答。或许是感觉到回答得太过绝对，他随后又补充了一句，"绝大多数时候……"我忽然想起了那部名叫《米其林情缘》的电影，讲述的就是一个印度年轻人闯荡法国，最终他的厨艺征服了整个法国美食界的故事。总还是有热爱做饭的男生的，我想，哪怕是在印度。

印度这个文明古国自其诞生之日起，就因其独特的地理位置而成为周边地区的觊觎之地。从公元前波斯帝国的入侵，到被马其顿王亚历山大征服，再到后来成为英国的殖民地，这片

∧ 在克久拉霍找到一种清新

土地从古至今都一直吸引着世界的目光，只是这份吸引也带来了一定的伤害。可是尽管如此，印度依旧在外族入侵的历史中保持着自己的信仰和传统，佛教从印度发展开来，如今已成为影响世界的宗教之一。在这样的历史背景下，印度社会的发展必然有其独特的轨迹。如果你想要了解一个真实的印度，那么请先放下偏见。

我转回思绪，身边是几位等待着美食的伙伴，他们一个个都期待着一顿久违的中餐来安抚那因印度饮食而饱受煎熬的胃。看着我的菜品出锅，印度小哥竖起拇指啧啧称赞，我自己却因为没有足够的调料可用而隐隐有些遗憾。在印度的这个小村庄里，我熟悉的调料只有盐和酱油，酱油还是被印度人改造过的，其他当地的调料我都不太敢用，因为如果把那些放入锅中就不是中餐了。

∧ 在印度遇见了中国大学生

饭菜上桌，大家一一落座，品尝着这久违的家乡菜，我们举杯共饮。我们都激动于青春停留在印度的这一刻，也都感动于生命中曾有过的这一次不顾一切。后来，每当我的记忆不由自主地回到那一晚，我都能清晰记得那夜的星空和洋溢在每个人脸上的光芒。我也总是会想，如果带着对印度的偏见而刻意回避，我就错过了这一次和大家的相聚，错过了那位印度小哥热情的微笑，也失去了这份难得的记忆。

在印度的二十多天里，我从东走到西，又从北走到南，对于印度的认知一直在改变。当我看到瓦拉纳西那些脏乱的街道，我曾坚定地以为这就是印度应有的模样。然而，我也庆幸我的印度之行中还有德里这一站，因为如果不到德里，我就无法想象印度都市的繁华。

德里是印度的首都，分为新、旧两个部分，我们常听说的新德里就是新的那一部分。在德里，印度又给了我另一种冲击，这里有地铁，也有奢侈品牌店，街上不见了牛和马，取而代之的是穿行在宽阔马路上的高档轿车。这里和其他的国际化大都市没有两样，这里有城市发展进程中该有的一切。

印度是一个不可思议的国度，是两极反差很大的地方。你既可以在恒河边看见人们的虔诚，也可以在街头小巷看到残酷的现实。前几日你还在各种动物中间穿行，后几天又在地铁里找到了久违的熟悉感。前一秒你还在破烂的街道口闻着奇怪的味道，一转身你又能在高级餐厅里享受贵宾式的服务。这些都是印度，神奇的印度。

真实的印度在我的内心产生了巨大的触动。因为它让我知

∧ 孟买维多利亚火车站川流不息的生活

∨ 瓦拉纳西的街头巷尾

道，在自己亲眼所见之前，原来的认知其实未必真的正确，而就算是自己亲眼所见，也未必就看到了事物的全部内容。意识到这一点之后，我看待自己和世界的方式就不一样了。

　　旅行教会了我很多东西，丢下偏见，撕下标签是其中最重要的一个。"一叶障目"是很多人都容易犯的错误，来到印度之后我才知道，要为自己的认知留下一些空间，因为从空间的广度来看，我们无法看尽世界，从时间的长度来看，我们无法由始至终地存在，所以，我们目之所及的永远都只是真实世界的一部分而已。

　　是的，印度之行让我在以后的人生中，减少了很多因偏见而造成的遗憾，因为我将永远为我的认知留有余地。

　　我也逐渐开始明白，旅行的收获，远不止旅行本身。

△　第一次接触到真实的印度，也让我越发感受到旅行的魅力

放下执念，成为旅人

到埃及的时候，阳光很灼人。

我自小对埃及就有一种想要一探究竟的渴望，在这片土地上实在有太多的神秘存在，于是在做旅行计划时，埃及自然而然地成了必去之地。这片土地和所有的文明古国一样，在一次次的风云变幻中走到了今天。公元前525年，波斯人成为这片土地的统治者。公元前332年，亚历山大大帝攻入埃及。公元前30年，屋大维入侵埃及并将埃及列为罗马的一个行省。最终，公元639年，阿拉伯人进攻埃及，从此埃及成为阿拉伯世界的一部分。

走到近现代，埃及这片土地上仍然纷争不断。1798年7月，法国人拿破仑在金字塔战役之后占领开罗；1882年，英埃战争结束，埃及彻底沦为英国的殖民地；1967年以色列发起"六日战争",埃及在这场战争中,失去了加沙地带和西奈半岛。

飞机很快就要降落了,我收回思绪,沿着舷窗望了出去。此时已非夏季,可埃及依旧烈日当空,那一排排建筑在眼前逐渐由小变大,显得有些破旧。这次来到埃及,我有三件事要去完成:第一,我要去撒哈拉看看金字塔和狮身人面像;第二,我要越过红海去到全世界的神山圣地——西奈山;第三,我要去埃及寻找我的同龄人。

下了飞机顺利过关后,我背着行囊走在烈日下,招来的出租车把我送抵了开罗的老城区。一路上,我的脑海中呈现的依旧是那些具有历史感的画面,是这个国度古老的辉煌,是它留下了世界奇迹和未解之谜的伟大。可是,下车后我所看到的开罗,和脑中的印象却差别甚大,单从市容上就能明显地感觉到这个古老的国度已不再具有昔日的活力。开罗是一个生活着数百万人的城市,这里人口密度非常大,失业率居高不下,交通混乱不堪,老城区更是垃圾遍地。

这些都跟我的期待相去甚远,旅行也正是以这样的方式教会了我如何面对期待与落差。我慢慢收拾好心情,因为前面有过了在印度的旅行经历,使得埃及也变得容易被接受了。

古老的文明大概就有这样的魅力,尽管这些现状真实地呈现在眼前,但身在埃及的我,还是念着它的过去,也念着它静静藏着的那些故事。但凡曾经发生过,就不会让人遗忘。

到达开罗以后,我就迫不及待地开始为前往撒哈拉沙漠做准备,举世闻名的金字塔和狮身人面像在召唤着我,我不想

∧ 埃及金字塔景区附近的骆驼，它们也在等待远道而来的客人

在开罗市区多耽搁一分钟。我联系好了司机，确定了出发的时间。

第二天清晨 5 点，我们就抵达了金字塔景区。我原本打算早一点儿出发，留出足够的时间看一看撒哈拉的日出，可让人绝望的是，那天的天空被黄沙和晨雾笼罩着，别说看日出了，站在景区门口的我竟然连金字塔都看不见。我们唯一能做的就是守在门口等待，等待一场穿越时空的邂逅。此时，虽然距离景区开门还有好几个小时，可是无人离开。

撒哈拉沙漠从埃及延伸至苏丹及利比亚边界，一直深入到非洲内陆。清晨，当那一抹深黄色出现在眼前时，我禁不住俯下身，双手捧起了那颗颗鲜活的沙粒，内心像孩子一样雀跃。

这里是大沙海的源头,黄褐色浩瀚的沙海随着世界上最大的几座沙丘蜿蜒起伏,让人惊叹不已。在这里无论你是乘着四轮驱动的越野车穿行其间,还是骑着骆驼沿着沙漠前行,眼前都不再有方向,唯有那无止境的黄色,让你迷失在风沙漫天之中。

从5点到8点,天逐渐放亮,传说中的金字塔也在若隐若现中逐渐浮现出来。远远望去,那晨雾面纱之下的金字塔更多了份神秘气息,不枉我们披星戴月地赶来等了它三个小时。大概这样的过程就是在告诉我,有时候,当你所期望的和现实不一样时,静心等待,总会有别样的美出现。

古埃及人相信,人死后,只要保存好尸体,他的灵魂就会复活。于是,修建坟墓对于古埃及人来说是非常重要的事情。在如今的开罗,你还能够找到很多漂亮又气派的陵墓,而金字塔,便是其中登峰造极之作。在所有的金字塔中,最大、最有名的就是祖孙三代金字塔——胡夫金字塔、哈夫拉金字塔和门卡乌拉金字塔。我在这里等了三个小时,便是为了一睹它们的风采。

我骑上骆驼,慢慢向着金字塔的方向走去。

我对牵着骆驼的年轻人说,"你知道吗?中国有一个女作家,她和她的丈夫曾经住在撒哈拉。他们在这里举办了简单的婚礼,和当地人一起生活,她写了一本书叫《撒哈拉的故事》。她还说过这样一句话:每想你一次,天上飘落一粒沙,从此形成了撒哈拉……"

每当我想起这句话,都会非常感慨,是怎样一份真挚的感

∧ ∨ 自在不知远，天真作少年！行走在埃及的撒哈拉沙漠之中，感受最自由、最狂野的时光

情，凝练成了这样美的话语，真可谓字字珠玑，荡气回肠！

牵骆驼的年轻人名字很长，我记不住，于是就叫他塞德。我不确定他是否听懂了我所说的，只见他微笑着低下头看了看脚下的细沙。

"他们一直生活在撒哈拉吗？"塞德问道。

"没有，后来他们都离开了。"

我不想给塞德讲后面那段悲伤的故事，还是留下些愉快吧，三毛的撒哈拉是属于我们的故事，而塞德的撒哈拉，有不一样的版本。

我骑着骆驼在撒哈拉沙漠中穿行，在这漫天黄沙中一步步靠近金字塔。虽不是苦行，但我也能感受到骆驼行走得很艰难。如同这近在眼前的金字塔，世人皆道它是奇迹，却无人能体会当年修建它时的悲壮。

看着眼前越来越清晰的金字塔，我不由得想，古埃及人如此重视死后的生活，但不知他们在有生之年又是怎样的生活态度？当下和未来，他们究竟认为哪一个更加重要呢？

对于这个问题，我一时找不到答案。

当所有云雾全部散去，天空放晴，我终于站在了这世界七大奇迹之一的金字塔面前，巨大的石头一块一块垒叠，平整的石阶一层一层延伸，直上云霄。抬头仰望，那是古人类的高度。难以想象，古埃及人是靠着怎样的力量和毅力修建出了如此庞大的建筑群，在人类历史上留下了沉甸甸的一笔。

我们都在不停地问，5000年前，在人类还没有那么完备的运输、起重工具时，这些巨大的石头是如何被运往沙漠，又是如何被垒成完美无缺的巨大四棱锥体的？不使用任何黏合剂，并且金字塔的四条棱线都精准地指向东南西北四个方向，这些究竟是如何实现的？这一个个谜团，带给后人的，不只是赞叹和好奇，更是对人类祖先智慧的朝拜和仰慕。想到这里，我不禁再次抬头仰望那蓝天白云映衬着的塔顶。

埃及有一句古老的谚语："人类畏惧时间，而时间则畏惧金字塔。"

作为古代世界七大奇迹中唯一留存下来的奇观，金字塔在建筑、天文和数学方面的造诣，甚至远远超过了现代人类对于世界的认知，这也更昭示着古人类那久远的过去和神秘。站在金字塔前，我只能观望着岁月沉淀下来的遗迹，暗自叹息。

离开了金字塔，我又来到传说中具有无限力量和智慧的狮身人面像前。这座高29米，长57米，由一块天然岩石雕刻而成的守护神，由于经历了4000多年的岁月，石质已经疏松，风化比较严重。这些被时光雕刻的印记似乎也在诉说着那永恒不灭的人类传奇。

在接连而现的人类奇迹面前，我早已忘记了自己刚踏入埃及时的心理落差。

借着角度，我找人帮忙拍摄了一张自己手捧狮身人面像的照片。以前，金字塔只存在于我所见过的各种图片之中，此刻，我与金字塔同在。金字塔是古老的传奇，坚守在这片神秘的沙漠里；而我不远万里来到这里，重温这里曾经发生过的故

事，一梦千年。

　　撒哈拉沙漠、金字塔、狮身人面像，这些属于埃及的符号，我总算将它们一一捡拾起来装进了自己的记忆中。

　　回到开罗市区，我稍作休整，准备去往下一个目的地——西奈山。

　　西奈山又叫摩西之山，位于埃及西奈半岛中南部，海拔2285米。相传，先知摩西带领以色列人出埃及时，上帝（伊斯兰教认为是真主安拉）在西奈山显现，赐予了摩西十戒，作为以色列的基本法律。所以，这座山峰长期被犹太教、基督教和伊斯兰教视为圣地。它被誉为神与人最真实接触的地方，每年都会有大量的信徒前来朝拜。因此，我决定去看看这座

∧ 我不远万里来到这里，只为这一次穿越千年的对望

神山。

　　按照计划，抵达西奈山的时候是凌晨 2 点，我向着山顶进发。说来也是奇妙，在埃及想要去的地方，都是需要半夜出行的。上山的路一片漆黑，只剩下一轮满月指引着我前进的方向。

　　黑夜里，我沿着石头山路慢慢向上，感觉此刻我已融入这天地之间。四周是宁静的，我的内心也是宁静的，耳边只能够听见自己的脚步声。我觉得自己像一个虔诚的信徒，一步步向上，只为离那光亮更近一些。

　　有人说，如果想要了解一个国家或民族，那么首先要去了解的就是那里的人民是如何看待死亡的。在印度的恒河边，我

∧ 被基督教、犹太教和伊斯兰教都奉为圣地的西奈山

曾真切地感受到印度人民对于死亡的理解，而在埃及，那是不一样的。

死亡这个课题，是人生来就必须去面对的。在印度，我看到了生死的轮回；在埃及，我感受到了人们向死而生的勇气。在一步一步登上西奈山的过程中，我忽然明白了人应该如何面对死亡。

也许，我们只有懂得了死亡的真正要义，才能懂得该如何更好地生活。对于人生，或许我们应该放下执念，成为真正的旅人。哪里才是生命真正的归宿，或许不在别处，就在我心安处。倘若能用一颗行走四方的心看待生活中遇见的所有得失，是不是整个人生都会变得不一样？

四小时后，我看见第一缕阳光跃过山尖，穿透云雾，整个西奈山的山脉在阳光的照耀下变成了一片红色。此时我才发现，原来西奈山上竟然没有一点植被，荒芜至极，可是整个山体纵然寸草不生，也有一种大地初开、温暖如初的柔和。

这抹红是生命的颜色。

离开了西奈山，我来到埃及西北部一个叫作马特鲁的小城市。在这里，我要完成我的另一个"任务"——寻找世界同龄人。

马特鲁虽小，却拥有美丽的地中海风光。这里的海是我一路走来见过的最漂亮的海，那由浅到深的蓝色让人感觉身处一种梦幻之中，远远望去，洁白的沙滩和碧波荡漾的海水宛如仙境一般。

在马特鲁，我遇见了米托。

遇到米托时，我和同行的伙伴正在街头小店买东西。小店老板不会英文，我们正因彼此无法交流而着急，正巧米托走了进来，他了解了我们的需求后，主动做了我们的翻译。在埃及，不仅英语的普及率相当低，很多人甚至连阿拉伯文字都不认识。在和米托简单地交流后，他非常热情地邀请我和另外三个中国朋友一起到他家做客。

"我怀疑这个金字塔也是'Made in China'！"26岁的米托指着家中很多"中国制造"的物品和我们开着玩笑。米托居然知道中国工农红军，在交流中，这个精力充沛的同龄人让埃及在我心中的形象变得越来越具体。

米托出生于1988年，目前和他的奶奶以及两个叔叔住在一套破旧的小房子里。他曾经在埃及另外一个海港城市亚历山大工作，前不久，刚刚辞职回到了马特鲁。当我问及辞职的原因时，米托告诉我，他的父亲前不久去世了，而他年迈的奶奶又患有严重的心脏病，他必须回来照顾奶奶。米托说，现在奶奶就是他的一切，是他最爱的人。

我没有再把这个话题继续下去，我怕触碰到他更多的伤口。米托在交流的过程中始终显得很平静，或许他已顾不上悲伤，照顾奶奶才是更为实际和重要的事情。

第二天，米托带着我们在马特鲁的城市里转了转。在他的带领下，我们行走在这个十分安静的小城里，路上的行人大多和米托一样热情友善，时不时会对我们说"你好"和

"Welcome"。他们的问候如同地中海吹拂的海风,轻柔舒适。

在美丽的地中海海边,我们碰巧遇到了一个公益组织正带着一些智碍人士外出活动。米托走过去简单地交流后,就拉着我们过去和他们合影。接下来的一个上午,我们都和这些智碍人士以及志愿者在一起。我们一起去了几处非常漂亮的海滩,那蓝白交织的美景,纯粹而透明。然而,我觉得比这风景更美的,是这一路上米托和这些志愿者对于这些智碍人士表现出来的那份关心和照顾。

在这个世界上,总是有一些人由于先天原因和普通人不一样。而同样有一些人,总是会用行动去让这一切变得一样,就如这个 26 岁的埃及青年米托以及这些马特鲁可爱的志愿者们。他们让我明白,最美的风景是人。

与中国相似,埃及也是一个有几千年历史的文明古国。公元前 4000 年左右,古埃及人在尼罗河流域创造了人类早期的

∧ 我在埃及遇到的同龄人

文明。他们缔造的金字塔如同中国长城一样成为人类历史进程中伟大的奇迹。灿烂的文明在人类历史的长河中熠熠生辉。然而，随着罗马人、波斯人的入侵，以及后来埃及归入阿拉伯帝国的版图，古埃及人以及他们自身的文化似乎已经在这片神奇的土地上销声匿迹。

对于这种文化断层，如今在国际上以及埃及国内都存在着不同的声音。一部分人认为自己还是古埃及人的正统延续，他们以古老埃及灿烂的文明为荣；而另一部分学者却认为阿拉伯人占领了整个埃及之后，改变了这里的宗教信仰和生活形态，再加上几千年的文化融合，古埃及文明早已消失在那个久远的年代。

关于这个问题，米托显然支持前者。他告诉我，公元639年，阿拉伯人来到这片土地，和古埃及人进行融合交流并继承了古老的埃及文明，延续着这里几千年灿烂的文化。举世闻名

∧ 马特鲁的地中海风光至今令我难忘

的金字塔能够保存至今，是所有埃及人的荣耀。

看着米托真诚的脸庞，我能够深刻地感受到这一代埃及人那份强烈的文化认同感。

米托不仅对埃及文化感兴趣，对中国也有一些研究。米托说，中国工农红军是一支伟大的军队，是一种强大的精神。他知道中国和埃及一样，也有着古老的历史。如今的"中国制造"又让他们对中国有了新的认识。谈到两个古老文明国度现在的发展状态时，米托有些难过，他说现在的埃及局势很不稳定，但这一切都无法阻挡埃及人民追求更加美好的生活。

仔细翻阅埃及的近现代史，你会发现战乱纷争一直没有停止过。现在的埃及在非洲和中东虽具有强大的影响力，但其经

∧ 在马特鲁，帮助智障人士的公益组织成员合影

济发展却不乐观，全国大部分人还比较贫穷。但米托却很乐观，看到越来越多的外国朋友能够来到埃及旅行，他很开心。这里有神秘的金字塔，不朽的木乃伊，传奇的撒哈拉沙漠，美丽至极的红海和地中海风光，宏伟的阿斯旺水坝，他说游客们一定会爱上这片美丽而又神奇的土地。

　　的确，无论是去寻访古老的历史还是去欣赏自然风光，埃及都是一个非常不错的旅游目的地。然而不稳定的局势却让很多人对埃及望而却步。但正如米托所说的，不论埃及过去如何，他始终相信埃及会越来越好，更相信这人类文明曾经的起源地在未来能够给予世界更多精彩。

　　我和米托，两个 26 岁的同龄人，一起期待着这一天的到来。

心怀善意，静待花开

"你可以摧毁花朵，但你不能阻止春天的到来。"我的伊朗朋友这样说。

在伊朗停留的三十多天里，我深深感到，伊朗就是这样一个在等待春天的国家。

提及伊朗，可能很多人脑海中都会闪过一些比较沉重的词：宗教狂热、恐怖主义、两伊战争、美国人质事件、长期制裁等。但我一直记得，这个在很多人心中几乎与"危险"画着等号的国家，它的前世有一个梦一样美丽的名字：波斯。这是一个遥远但不会被人淡忘的名字，这里有风情万种的波斯女郎，这里是享誉世界的波斯地毯的产地，甚至连这里的猫也被赋予了某种神秘的气息。伊朗的过去与现在，如同那被面纱遮挡住的美丽容颜一般，吸引着我前去一探究竟。于是，我鼓足勇气走近

它，我要去看一看真实的伊朗。

去闻一闻那些开在伊朗年历 1393 年的彩色之花。

那一年，是 2014 年，也是波斯历 1393 年。

不知道为什么，伊朗在我的脑海中一直是这样一幅画面：在一片无尽的土黄色中，有一个迷宫一般的古城，穿着黑色长袍并用头巾遮挡住面庞的穆斯林妇女扶着门站在家门口，旁边一群可爱的孩子在巷子里踢足球，归家心切的男子正骑着自行车在巷子里穿行。天空中那一抹夕阳西下的余晖，将这一片土黄色映衬得无比温暖。

> 在我儿时的记忆中，伊朗就是这样一片无尽头的土黄色

伊朗，古称"波斯"，建立于公元前 550 年，在大流士一世统治时期达到鼎盛。公元 7 世纪以后，这个国家一直因遭受

外族入侵而长期处于动荡不安之中。阿拉伯人、突厥人、蒙古人、阿富汗人都曾征服过伊朗高原,直到 1979 年伊斯兰革命之后,伊朗伊斯兰什叶派推翻了巴列维王朝的统治,建立了伊朗伊斯兰共和国。这个民族的曲折历史造就了其人民顽强不屈的性格,也使得如今得以保存下来的古老文明更加熠熠生辉。

在距离伊朗南部城市设拉子 50 多公里处,有一处举世闻名的遗址,它曾见证过古老波斯的辉煌灿烂,也展示着伊朗历史的腥风血雨,它就是波斯帝国昔日的首都波斯波利斯。

公元前 550 年,居鲁士大帝推翻了米底王国的统治,建立了波斯第一帝国,随后在"万王之王"大流士一世统治下步入鼎盛时期,疆土横跨亚、非、欧三大洲,成为当时世界第一大国。波斯波利斯并非波斯历代君王的寝宫,而是举行盛大仪式的场所,因此波斯波利斯也被视为波斯帝国的灵都。整个建筑群依山而建,气势恢宏。大流士一世及其后继者们历时 60 年才得以完成。然而,100 多年后,当马其顿国王亚历山大挥师东进进攻波斯时,却一把火结束了这座宫城的辉煌。

如今的波斯波利斯虽然仅剩一片废墟,但仍无法掩盖它昔日的雄伟壮丽。

时过境迁,现在的伊朗留给给世人的仍然是那独属于它的一抹土黄色。亚兹德那宛若迷宫的老城,沿途大漠孤烟直的卡维尔盐漠,伊斯法罕那梦幻的哈柱桥和三十三孔桥……所有这些都让我沉醉,我多想迷失在这一片黄色中穿越千年。

来到伊朗不能错过的一件事,就是去看看那里的清真寺。

∧ 伊斯法罕梦幻的
三十三孔桥

∨ 亚兹德宛若迷宫
的老城

在伊朗，不论你穿梭于城市中，还是行走在乡间小路上，你都能看到大大小小的清真寺。它们中的大部分并没有像其他地方的清真寺一样有单独的院落，而是就像一座座普通房屋一样散落在寻常的大街小巷中，它们就在人们最为日常的生活里，甚至不经意间，你都会忽略它的存在。

与其他国家的清真寺相比，你会发现伊朗的清真寺除了其宗教功能以外，更多了一份美丽的艺术气息。在设拉子的粉红清真寺，当早晨的阳光透过五彩的玻璃投射进来，绚丽梦幻的色彩便映照在清真寺中，坐在这里冥思，仿佛世间千年都凝结在这流光一瞬。伊斯法罕的聚礼清真寺，是由四座不同时代的宗教建筑组成的，它是伊朗极富历史内涵的清真寺的复合体。在这里，你能够纵观800年间伊斯兰教建筑的演变。这座清真寺还拥有伊朗所有清真寺中最高的两座宣礼塔，在午夜灯光的映照下，与夜空的月亮遥相呼应，如梦如幻。此外，伊朗清真寺里那些完美的几何造型的马赛克图案、蜂窝状的穹顶以及雕花的石柱无不彰显着波斯建筑的精致与魅力。

伊朗是一个政教合一的国家，在这里，大多数人都信仰伊斯兰教，Alin 也不例外。Alin 是我在伊朗设拉子认识的一个年轻人，今年19岁，还在读书，我在设拉子的日子里都和 Alin 一起。每到规定时刻，Alin 都会很抱歉地让我等他一会儿，因为他要去祈祷室做祈祷。Alin 告诉我，他所做的很多事情和决定都是听从真主的指引。真主安拉会给予他们希望，会引导他们思考，也会满足他们的心愿。Alin 说他不会喝酒，因为喝酒

∧ 设拉子粉红清真寺在阳光下幻化出梦幻的色彩

一念起，万水千山 052

会让真主不高兴。交流中，Alin 一次次给我描述他心中的那个充满了真善美的世界。生活中，Alin 也在用他的友善践行着内心的那份真善美。我能够理解信仰带给他的安宁和力量，也很羡慕他心里的那份笃定。

　　设拉子的灯王之墓，是伊朗最重要的宗教圣地之一，Alin

带着我一起在那里做了一次祷告。在灯王之墓，我和当地人一起完成了从抬手、诵经、鞠躬、磕头直至最后跪坐的一整套仪式的流程，时间大概15分钟。仪式过程中，我都在仔细观察身边人的状态，所以并没有像他们那样真的在心里祈祷什么，但我能够深切地感觉到他们每个人心中的虔诚。他们在自己的信仰中寻找生活的方向，收获内心的快乐。这，是我所看见的伊朗。

热情好客是很多国家、很多民族都具有的品质，而在伊朗，人们把这种美好融入了他们的血液中。行走在伊朗的大街小巷，会有很多陌生人冲你微笑，他们时不时会冲到你面前跟你打招呼，虽然他们大多只会"你好""你来自哪里""谢谢"这三

∧ 在伊斯法罕邂逅的伊朗同龄人

∧ 在伊朗偶遇的美女大学生

句英语，但这完全不妨碍他们对外国游客展示他们的友善。当你站在街上掏出手机想要查阅东西时，会有当地人走过来问你是否需要帮助，即使他们不会英语也会去找一个懂英语的人来给你帮忙。走在伊朗的大街上，一不留神就会被旁边小店的店主拉到店里去，他们会给你泡上一杯红茶，然后兴奋地告诉你店里的东西"All Made in China"。有时候走着走着，你就会被一堆人围住要求合影，让你瞬间体会到当明星的感觉。如果运气好，说不定在你问路的时候，就会接到当地人的邀请，然后提供免费吃住款待你。

伊朗是一个让你时时刻刻都能够感觉到温暖和快乐的地方。也是伊朗让我明白，旅行的美好并不仅仅因为路上的风景，很

∧ 德黑兰公园一角的清新生活

∨ 看到相机中这个伊朗小男孩的照片之后,我希望可以将全世界孩子的笑脸都记录下来

一念起,万水千山

多时候，美好更来自那些你在路上遇到的人。

在我的伊朗之行中，有因为我感冒而把主卧让给我，自己去睡客厅的德黑兰沙发主；有为了让我能更加深入地了解伊朗，而专门为我邀请朋友在家中欢聚的拉什特美女大学生；有陪我尽览美景又为我四处奔波帮我续签签证的伊斯法罕 26 岁同龄人；有不厌其烦为我讲解景点历史的亚兹德旅舍老板。这一路，我遇到了太多太多这样的伊朗人，与他们之间发生的故事虽然各不相同，但他们身上都散发出那种简单、真挚、友好的气息。

有些地方，只有你亲自去过，才会知道它是不是你心中的模样。伊朗人彻底改变了我对于伊朗的认知，那里的人民友好、可爱、热爱生活、渴望自由。他们如一朵朵红色之花，绽放着激情，释放出温暖。

在伊朗的每一天都充满了新鲜感，我的心情和情绪随着这里的风景、历史和故事上下起伏，或许，这就是旅行最大的乐趣。

在伊朗，我说得最多的一句话就是：I love Iran！这绝对不是为了让伊朗朋友开心，而是我发自内心的表达。一次旅行已经让我爱上了这里，以致当我决定要离开的时候，内心竟有些伤感。

我知道，我注定是要离开的，但这里的人用他们那一张张笑脸教会了我生命的要义——心怀善意，静待花开。

伊朗
＋
黎巴嫩
＋
苏丹
＋
埃塞俄比亚
＋
阿富汗
＋
索马里兰

CHAPTER

3

目之所及,
皆是改变

2014
11月

2015
02月

远方的他们，有对生活不一样的理解

每一次出发，我都会提前规划，在网上寻找沙发主便是其中重要的事情之一。在陌生的城市中，如果能够找到合适的沙发主，那么以沙发客的身份前往一定是我的首选，因为这不仅可以为我节约旅行成本，也可以帮助我更加深入地了解当地人的生活和文化。居住在沙发主的家中，让我能够与他们进行近距离的交流，这不仅让我看到了他们各自不同的生活方式，不同的理想追求，也让我看到了生命更多的可能性。

在伊朗，如果不是以沙发客的身份走进了 Parisa 的家，我大概直到离开，也没有机会看见面纱之下伊朗女子的真实面容，更没有机会去感知黑袍下她们鲜活的个性。

Parisa 是一个美丽的伊朗姑娘。入住当天，她就和家人朋友们一起为我举办了一个欢迎会。Parisa 的妈妈准备了丰富的餐

∧ 在伊朗，女性出门必须佩戴头巾，就连非穆斯林的游客也必须如此

点，让我在伊朗第一次感受到当地食物的美味。

　　走进沙发主的家，一定会在某些地方改变你原有的认知。因为这次聚会，我才对伊朗人的家庭生活有所了解。原来Parisa和她的家人朋友们在家里也会开心地玩游戏、打扑克牌，女人们会脱下黑袍，摘下面纱。我问Parisa，如何看待生活中必须遵守的一些行为约束，Parisa眨着那双美丽的大眼睛回答我："生在伊朗，我别无选择，但在个人生活中，我总还是能做点儿主的。你看，我做主将你带到了我家里，不是吗？"此时的Parisa因为刚和朋友们一起跳过舞而面颊微红，摘下面纱的她真实而生动。

　　伊朗严禁信奉伊斯兰教的国民在公共场合饮酒，因此，这

一念起，万水千山

个国家的夜生活没有酒吧，没有 KTV，也没有大排档。取而代之的是一群好朋友在家中玩"划比猜"的游戏，玩卡牌，唱歌跳舞。Parisa 用一场聚会向我展示了她的生活中最为精彩的瞬间。

在环游世界的过程中，我发现自己也成了一个故事的收集器，就像王家卫在电影《蓝莓之夜》里设置的那个装着无数把钥匙的玻璃罐一样，走过的地方越多，收集到的故事也就越多。

在黎巴嫩，我遇见了另一个沙发主 M。

"欢迎来到我的世界！"这是我见到 M 时，他对我说的第一句话。胖胖的他看上去十分可爱，而右耳的耳环又让他显得有那么一点不一样。

< ∧ 在伊朗，你会发现当地女性除了美丽，还有一份自信与友善

M 领着我走进了他的家，一进门便非常关切地询问我旅途是否劳累。M 的家干净整洁，一眼看过去，我的目光就被墙上挂着的一面大大的彩虹旗吸引了，直到那一刻我才恍然大悟，原来 M 所说的那句"欢迎来到我的世界"指的不仅是他的家，还有他作为"同志"的另一个世界。在国际上，彩虹旗被同性恋群体用来作为自己的象征，代表着同性恋群体的多元性。我发现房间里除了这面大大的彩虹旗以外，还挂着很多其他国家的国旗，有伊朗、约旦、土耳其、德国、阿根廷等。看得出来，这里到访过很多来自不同国家的背包客，房间的另一面墙上还用彩色笔写着：This house is straight friendly. 从这个房间我能够感觉到 M 应该是一个热爱生活、喜欢交友、敢于面对困难的大男孩。

在接下来的几天里，随着我和 M 的交流不断深入，我逐渐了解了他所说的那个世界。M 的家其实还有另外一个主人，那就是 M 的伴侣 K。K 是一个电脑工程师，42 岁的他看上去只有 30 岁左右，他开玩笑地说爱能让人变得年轻。

瘦瘦的 K 和胖胖的 M 在一起已经七年了，现在他们组成了一个共同的"家庭"。在黎巴嫩，同性恋是不可以结婚的，所以他们在相恋两年后去英国领取了结婚证，然后再回到黎巴嫩继续生活。我知道，这样的爱需要有足够的勇气与强大的内心去承受。

M 告诉我，他的家人现在都知道这件事。虽然一开始全家人都无法接受 K，甚至还将 K 赶出去过，但是最终他们还是用

∧ 黎巴嫩沙发主家中的彩虹旗

∨ 沙发主 M 对我说:"欢迎来到我的世界!"

自己的努力和坚持赢得了家人的理解。M 和 K 都表示，就算最终不能和自己所爱的人永远在一起，也不会迫于任何压力走进正常的婚姻，因为他们都不愿因为世俗而去伤害一个无辜的人。

住在 M 家中的那几天，时不时会有他们的"同志"朋友到家里来，但我并没有感到任何的不自在。他们和普通人一样生活、工作、休息、相爱。当 M 带我参观他的卧室时，我看到墙上用彩色颜料写下了一句话：I think the best day will be when we no longer talk about being gay or straight.（当大家都不再讨论"同志"和正常人的区别时，也就是这个世界上最美好的一天了。）我忽然有些伤感，不知道该如何向眼前这个胖乎乎的快乐男孩表达我的感受，我沉默良久。

M 告诉我，在黎巴嫩，有一些明星也公开承认了自己同性取向的身份，但大部分普通民众好像并没有因为这一点而改变他们对于偶像的支持。他说有时候他很想把彩虹旗挂到阳台上去，以鼓励更多的"同志"勇敢去追求自己想要的生活。

我忽然想到苹果公司的 CEO 库克在他的公开信中说过，"我意识到，我从别人的牺牲中受益匪浅，因此，如果听说苹果 CEO 是一名同性恋者能够帮助那些挣扎于性别困境中的人，或者能让那些饱受孤独、渴望获得平等权利的人感到安慰的话，牺牲我个人一点隐私也是值得的。"这话让人伤感，也让人感动。同性之爱要想被更多人接受，要走的路还很长很长。

在黎巴嫩的这段时间里，M 和 K 让我看到了他们所理解的生活——只有你勇敢面对，世界才会对你微笑。

在苏丹，我遇到了阿赫麦德。

当我通过网络给阿赫麦德发出申请时，他不到 3 分钟就回复并答应了我的请求，这是我第一次感受到苏丹人民的热情。

我给我的苏丹之行预留了 4 天时间，是阿赫麦德为我安排了所有的行程。在苏丹的那几天，阿赫麦德开着车带我去了很多地方，让我有机会了解这个国家和那里的文化，他还给了我很多无微不至的关心和照顾。在苏丹的那几日正好赶上 2014 年的岁末，在这个遥远的非洲国家，是阿赫麦德让我真真实实地感受到了来自异乡的温暖，让我的 2014 年完美收官。

阿赫麦德毕业于苏丹最好的学府喀土穆大学，那时的他才 22 岁，但身上已经有了超越他这个年龄的成熟气息。

阿赫麦德其实从小在沙特阿拉伯长大，之后又跟随父母回到了苏丹。在阿赫麦德带我认识的他的几个朋友中，有好几个也都和他一样是在国外长大的。我不知道这是否是巧合，也没有追问原因。

阿赫麦德告诉我，虽然他从小离开了他的祖国，但是他的内心还是深爱着这里。苏丹其实也有着悠久的历史，三四千年前，努比亚人就在这里创建了自己的国家。矗立在距首都喀土穆 300 公里处的金字塔，就是这片土地上古老帝国库施王国昔日辉煌的最好证明。虽然如今的苏丹因战乱和贫穷沦为全世界最不发达的国家之一，但阿赫麦德依然相信他的祖国能够慢慢好起来。

我被阿赫麦德的坚定所打动，虽然我们无法穿越时空去预测遥远的未来，但在那一刻，在阿赫麦德坚定的神情中，我也

开始相信，苏丹会重新找回它往日的辉煌。

　　我和阿赫麦德也谈到了未来和梦想，他告诉我，他希望去沙特阿拉伯继续学习，回来之后可以更好地为苏丹做出自己的贡献。苏丹由于本国的技术落后，很多事情不得不依靠别国的帮助。现在，很多中国公司也来到了苏丹。阿赫麦德表示，他很喜欢中国人，也很感谢中国的援助。

　　在苏丹的那几日，阿赫麦德带我泛舟于尼罗河之上看当地人的休闲生活，带我去了苏丹大学感受当地年轻人的激情与快乐，带我在马赫迪公园参加伊斯兰教的盛会，我能明显地感觉到阿赫麦德不愿让我看到太多苏丹的贫穷。这一点我能理解，毕竟大多数人都更希望向远道而来的客人展示自己国家美好的一面。

∧　苏丹的沙发主让我感受到这个贫穷国家的"富有"

∧ 在苏丹参加当地人的庆祝活动

当我要离开的时候，阿赫麦德仍旧希望我能再多停留几天。他身上散发出的那种淳朴和善良像一道光芒，照耀着这片荒芜的土地。

离开喀土穆后，阿赫麦德还一直在给我发信息、打电话，问我是否平安。阿赫麦德带给我的这份温暖让我非常感动，我也很想为他做些什么，但阿赫麦德告诉我，什么都不用，如果真的想要有所回报，那不妨回到中国也做个"沙发主"吧！

因为时间所限，对于苏丹我无法了解更多，可是阿赫麦德让我看到了他所理解的生活——给予他人，你也会收获更多。

这些远方的人，我有幸今生与你们相遇，虽然生命的重合只有短短几日，却让我学到了很多……

苦难教会人们的，不仅仅是珍惜

纵观历史你会发现，有宗教信仰的地方大多都经历过苦难。茫茫宇宙中，人终究是渺小的，当现实无法给身处苦难中的人们带来希望或答案时，人们就会渴望得到冥冥之中的佑护，活在苦难中的人们必须找到一个精神上的支撑。

非洲的埃塞俄比亚是让我印象非常深刻的一个国家。在这里，我看到了很多很难为现代社会所理解的风俗与行为。比如在埃塞俄比亚南部有一个部族被称为盘唇族，族里的女孩会在15岁的时候，将陶制的盘子放入自己的下唇中。这样的习俗仅仅是为了让女孩们变得丑陋，从而防范其他部落抢夺奴隶。这实在令人吃惊，可这就是他们真实的生活。

去过非洲的人常常会说，非洲之行会让你更加珍惜自己所拥有的一切。这话虽然没错，但在埃塞俄比亚，我看到无论生存环境多么恶劣，人们依旧满怀希望。对于身处其中的人们来说，苦难教会他们的绝不仅仅是珍惜。

位于埃塞俄比亚北部的小镇拉利贝拉是埃塞俄比亚人民心中的圣城。这里的 11 座岩石教堂是 12～13 世纪基督教文明在埃塞俄比亚繁荣发展的非凡产物。这些教堂在 1979 年被联合国教科文组织列入了《世界文化遗产名录》。

在黑暗中穿过一条坑坑洼洼的小路之后，我来到了著名的岩石教堂。我看了看表，时间是清晨 5 点半，然而已经有很多身着白袍的教徒在这里开始祈祷了。

我首先参观的是位于教堂群北部的圣玛利亚教堂。前来祈祷的人络绎不绝，我跟随着他们穿过一座石门，又经过一个小山洞后，眼前豁然开朗，一座由岩石凿成的教堂出现在面前。这座教堂是由一整块巨大的岩石直接雕刻出来的，开凿的艰难程度可想而知。我驻足仔细观看，教堂石壁和石柱雕刻之精细完全配得上"巧夺天工"四个字。

1000 多年前，人们在这片山体里开凿独石，他们先把巨型岩石上的表层浮土去除；又在其四周开凿出 10～20 米的深沟，将它与周围岩石分离；然后开始在独石上精雕细琢，艰难而小心地将岩石内多余的石块一点一点凿掉，形成空间；接着再雕刻穹顶、拱门、廊柱等；最终形成一座座精妙的岩石教堂。看着如今呈现在人们眼前的伟大工程，我不由得想，那时的人们是靠着怎样的信念才完成的呢？

在教堂外围的深沟里，穿着白色长袍的巡礼者在虔诚地祈

祷，大家或席地而坐诵读经文，或站在高处一动不动地望向教堂内部。在教堂里，修道士们正在进行着一系列的祈祷仪式。

在我正对面，是一个十八九岁的少女，身穿一件白色长袍，头上包裹着一个白色的头巾。她双目紧闭，口中低声念诵着祈祷词，然后额头轻触教堂的墙壁，停留了数十秒。突然想起，这样用额头触碰墙壁、大地或者窗棂的祈祷仪式，在很多宗教仪式中也都存在，或许，这就是信徒们与神对话最好的方式之一。

当我路过一个手拿《圣经》的年轻人身边时，他叫住了我，简单地交流之后我得知他叫加索尔，今年25岁。他向我展示了手中的《圣经》，并告诉我这是他爷爷留下来的，已经有100多年的历史了。他每天清晨都会捧着这本《圣经》来这里进行

∧ 拉利贝拉小镇的岩石教堂

祈祷。

　　加索尔告诉我，埃塞俄比亚是一个具有悠久历史的基督教国家，早在公元 1 世纪，基督教就已经在这里传播了。就在前不久的 1 月 7 日，有将近 2 万人来到了这个小镇，因为那天是埃塞俄比亚的圣诞节。信徒们从四面八方赶来，场面十分壮观。

　　当我准备离开这里，想再去看看非洲屋脊上最著名的圣乔治十字岩石教堂时，加索尔说他可以陪我一同前往。于是我们就一起徒步，往独立于南北教堂群之外的圣乔治教堂走去。

　　路上，加索尔给我讲述了关于这些岩石教堂的历史和故事。据说，在 12 世纪，当埃塞俄比亚的第七代国王刚刚出生时，吸引来了一群蜂围着他飞舞。他的母亲认为那是儿子未来王权的

∧　每天早上都有信徒前来祈祷

象征，便给他起名拉利贝拉，意思是"蜂宣告王权"。而当时当政的哥哥哈拜起了坏心，想要毒杀这个刚刚出生的弟弟，便给拉利贝拉灌了毒药。拉利贝拉长睡三天不醒，在梦里，上帝指引他来到耶路撒冷朝圣，并赐予他神谕："回埃塞俄比亚造一座新的耶路撒冷城，并且要用一整块岩石建造教堂。"于是，拉利贝拉醒来后便按照神的旨意在埃塞俄比亚北部海拔 2600 米的高原上，征集了 20000 名工人，花了近 30 年的时间，才凿出了这 11 座岩石教堂，后来人们将这里也称为拉利贝拉。

在很多宗教故事里，都会有神谕出现，然后在神的指引下才造就了一个个人间奇迹。

很快，我们来到了圣乔治教堂。这座教堂的精华之处在于整块巨型岩石被凿成了一个正"十"字形，教堂的顶部就是一个巨大的十字架，这样的设计更为这座教堂增添了一份神圣，使得它在某种程度上也成为埃塞俄比亚的象征。

从周围的高山上俯瞰，这座教堂犹如一个巨大的十字架矗立于天地间。它坐落在一个很深的岩石坑内，一条岩石通道从地面通向地下教堂的入口。教堂内部的装饰和陈设极为朴素，仔细观察会发现，教堂内部细节线条明朗清晰，但是这座教堂的窗户并未完全被掏空，墙壁上只是留下了一个个窗棂的形状。加索尔告诉我，这座教堂在建造的过程中没有使用任何黏合剂，也没有采用任何的土木结构，它完全是在一整块岩石上雕刻完成的。我不禁感叹，这已经不只是一个杰出的建筑了，它更像一个巨型的工艺品。

∧ ∨ 埃塞俄比亚的岩石教堂堪称世界奇迹

参观完圣乔治教堂后，加索尔告诉我，他要回去打理自己小店的生意了。随后，他便脱掉了身上的长袍，从他的宗教世界回归到了每天的日常生活。

在埃塞俄比亚，每一个人都和加索尔一样，每日清晨的祈祷仪式已经成为他们生活的一部分。在信仰的指引下，这里的人找到了生命的意义，也因此拥有了更多的生活动力。

望着加索尔远去的背影，我忽然明白，苦难的确让人们学会了珍惜，但更为重要的却是创造，珍惜仅能维持眼下所拥有的，而创造却可以开创不可估量的未来。

在我所去过的国家里，另一个承受着苦难的地方是阿富汗。阿富汗就如同一个久治不愈的病人，每当快要被治愈时又会被新一轮的伤痛所伤害。多年的战乱使得这个在历史上曾经富裕

△ 埃塞俄比亚的孩子们，脸上绽放着灿烂的笑容

的国家变得千疮百孔。

阿富汗的首都喀布尔，便是这一系列灾难的见证。

喀布尔是一个海拔 1800 米的山区城市，来到这里，你会感受到一种无形的压抑。喀布尔虽然是阿富汗最大的城市，但在这里你看不到宽敞的街道和高大的建筑，而且这里还多了很多带着枪的士兵。如果你看到喀布尔市中心那些破烂的房屋，一定很难相信这里竟然是一个国家的首都。

对于很多人来说，可能一辈子也没有想过要去阿富汗旅行，我也不知道自己当时哪里来的勇气。但当我真的站在喀布尔街头时，却看见旁边一所学校的操场上，孩子们的笑脸依旧灿烂；公园里，阳光照射在草坪上，那一抹绿色依旧浓烈，让人感到宁静和美好。看着阿富汗人民那份简单的快乐，我不禁黯然神伤。

∧ 千疮百孔的阿富汗首都

或许，阿富汗的人民也是在信仰的指引下才得到了一些解脱吧！

　　我们生活在一个物质极大丰富，科学技术日新月异的时代，很多创造都为我们的生活带来了便利，也提升了我们的生活品质。很多时候，我们把这种优渥的生活当成了理所当然。倘若我没有来到过埃塞俄比亚和阿富汗，我是无法触及这些生活在苦难之中的人的精神世界的。我也不会知道，这个世界还有很多种状态，生活在其中的人，是多么坚强。

　　在文艺复兴时代，艺术家的目光从神转向了人类自身，开始肯定人的能力，赞美人性的光辉。而我在旅行的过程中，在这些现实的苦难中，真正看到了人的光芒。这些生活在苦难中依然坚强并努力去寻找快乐的人们教会了我：坚强面对，努力创造，生命才更有意义。

∧　我看到照片中的孩子时，总会想起小说《追风筝的人》中的一些情节。

> 凿于5世纪，高53米的巴米扬"西大佛"现在只剩下空空的石壁

∧ 战乱下的阿富汗，班达米尔湖美得让人心碎

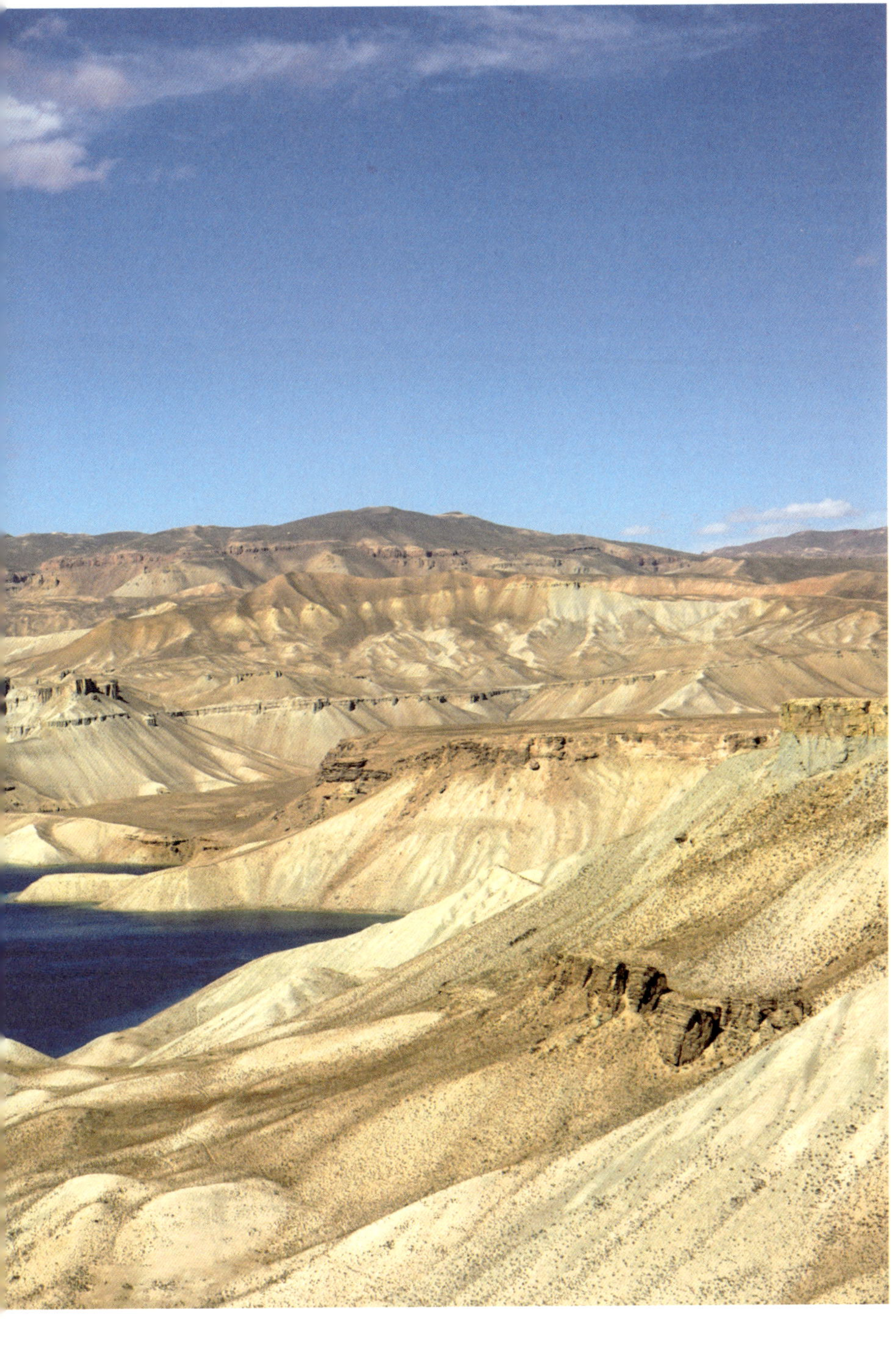

不要难过,这里没有眼泪

我不知道这个世界上有多少人知道索马里兰,如果不是机缘巧合,我恐怕也会错过这个地方,因为去之前我对那里一无所知。

在穿越非洲的时候,我才从当地人口中得知有这样一个地方存在。他们告诉我,索马里兰位于非洲之角索马里的西北部,1991年西亚德政权被推翻后,索马里陷入内战,同年5月,索马里兰宣布"独立",但它至今未获得国际社会的承认,也没有和任何国家建交。

"如果好奇,你就去吧。"我的非洲朋友对我说,"那里穷得只剩下钱了!"这句话在一定程度上勾起了我对索马里兰的兴趣,但我更想去看看那里的人的生活状态。

我曾经去过阿富汗,战乱给阿富汗留下了很多伤痕,但它终究是一个真正的国家。可是索马里兰，这个不被承认的地方，那里的人们又有着怎样的故事呢？

索马里兰成了第一个我想去但尚未与中国建交的地方。也正因为这一点，办理签证就成了难题。我不知道那里的签证要如何办理，还是说去那里根本不需要签证。

我在非洲认识的朋友阿耐告诉我，全世界只有埃塞俄比亚能够办理去往索马里兰的签证。我已经记不清阿耐是我旅行开始之后遇到的第几个同行伙伴了，我们在埃及相遇，后来又一起来到了埃塞俄比亚。我们曾经一起搭乘当地人骑的摩托车在黑暗中追赶前方的大巴，这是我们一同经历的旅途疯狂。

前往索马里兰的前一天，我们站在灼热的阳光下，阿耐仰起和我一样被晒得黑黑的脸，指了指我手里的签证说："这个签证可是独一无二的，谁知道以后还会不会有！"

"确实独一无二。"

我本想拉着阿耐跟我一块儿去索马里兰，可是他的假期即将结束，他该回去继续赚钱还房贷了。那时的我觉得年纪轻轻就背负房贷压力，是一种人生的束缚，它像一根看不见的线，死死扯住你，让你无法自由飞翔。然而，几年以后，我自己也心甘情愿地背上了这份束缚。

"真的要去？"阿耐将伸出的手插回口袋问我，好像我的决定只是一个玩笑。

"去啊，不去这签证不是就浪费了？"

"行，去过以后也给我说说，那究竟是个什么地方。"

我猜阿耐应该也是想去的！

在路上，我和阿耐曾经讨论过有关选择旅行目的地的话题。我说，旅行本来就是一场猎奇，不能总走别人走过的成熟路线。当时阿耐对我说了一句话，我至今印象深刻，他说："有些地方我们必须去，因为如果我们不去看看，那就更没有人会去了。"

一路上，阿耐还会时不时冒出一些让我不知如何回应的话来，有些深沉，有些又很好笑。我还记得有一次，我们正在一起品尝非洲的传统食物，我觉得有些不合胃口，阿耐看着我的样子，抬了抬下巴对我说："食物也和爱情一样，看别人在一起时都是甜甜蜜蜜的，等轮到自己时，却是说不出的滋味。"

我当时听了这话觉得有些莫名其妙，不过到第二天，我就知道他为何会发出这样的感慨了。原来他和恋爱了七年的女友刚刚分手，这次来非洲，其实是阿耐的"忘记之旅"。阿耐说："要放下些什么，就得先使劲往心里装进些东西，然后才能把你想忘记的东西挤出去。"

这话听上去似乎有些道理。

"非洲足够大，应该能把她挤出去了。"阿耐接着说。

我不假思索地回了一句："一个月不到的非洲之行，能挤掉七年的过往吗？"

话刚说完，我就感觉一道锐利的目光"唰"的一下刺了过来，赶忙说："非洲足够大，挤得掉，一头大象挤掉一年，一只狮子再挤掉一年，前景乐观！"

相处虽然短暂，但和阿耐在一起的时光我一直都记得。我自始至终不知道阿耐分手的原因，他没说，我也没问。

"我们有机会再聚。"分别时，我轻轻拍了拍阿耐的肩头。

习惯离别，是我开始旅行后最先学会的东西。

阿耐是个乐观的年轻人，虽然我不相信去一趟非洲就可以忘记一切，但我相信，他会安排好自己全新的生活。

我和阿耐各自开始了人生的下一程，他回国，我去往索马里兰。

和阿耐分开的第二天，我从埃塞俄比亚进入了索马里兰，一条悬在空中的破旧绳索将两边区隔开来，跨过这条绳索，我便到了索马里兰。索马里兰是一个信奉伊斯兰教的地方，我一进入便明显地感觉到了这一点。街道上，妇女们用头巾裹住了自己的头发。与其他伊斯兰国家不同的是，这里的头巾是五颜六色的，妇女们戴着这些漂亮的头巾走在路上，俨然成了一道

∧ 索马里兰，一个尚未得到联合国承认的地方，我想去看看

特别的风景。

我搭乘汽车前往哈尔格萨，坐在车上向窗外望去，坑洼不平的公路，荒芜的土地，到处飞扬的彩色垃圾袋，还有光着脚丫四处游荡的瘦弱的孩子们，所见无不让人感觉到这里的贫穷。哈尔格萨是索马里兰第二大城市，也是索马里兰的政府所在地，但看上去，这里也就是一个破旧不堪的小镇子。

走在大街上，你会发现路边到处都是兑换货币的摊铺。索马里兰银行发行的货币是索马里兰先令，1美元大约可以兑换7000先令，所以在哈尔格萨的大街上能够看到一大摞一大摞的索马里兰先令等着兑换。这里的人，每天用一个个麻袋把钱运到街上，然后就坐等有需要的人前来兑换。因为这里的钱实在太不值钱，所以他们每天花费时间最多的事情就是数钱。100美元可以兑换700张1000面额的索马里兰先令，想象一下，那数钱的场面会有多热闹。

看到这些，我突然就明白临来之前听到的那句"这里穷得只剩下钱"是什么意思了。

吃饱喝足钱装好，我准备去街上走走。与当地人交谈后，我发现这里的人每天基本就只做三件事：数钱、吃草、闲坐。

在索马里兰，人们几乎从早到晚嘴里都含着一种植物，一开始我并不知道那是什么，当地人热情地递给我时，我以为就是一种当地特产，尝试了一下之后，我整个人瞬间就兴奋起来，有一种轻飘飘的感觉。

这种植物名叫"卡特（Kbate）"，是一种食用后让人兴奋

∧ 街头堆放着一摞
摞索马里兰先令

∨ 吃完饭结账时，
我数钱数到手软

并能使人产生依赖的毒品。据说咀嚼这种植物后，人就不会再有饥饿感，但是经常食用会让人上瘾，一天不咀嚼，就会昏睡不醒，对人的大脑和身体都有伤害。尽管如此，这里的人们依然乐此不疲地咀嚼着，不分时间，不分地点，不分场合。

　　食用这种植物后的结果，就是这里的人们都变得异常兴奋。大街上到处都是扯着嗓门大声说话的行人，只要看到外国人，哪怕隔了100多米远，他们都会非常大声地打招呼。如果你去找他们问路，保证一下子就会涌上来一群人把你围住。感觉这里的人已经不只是热情，而是完全处于一种亢奋之中，我猜应该是吃了这种草的原因。

　　我把看到的这些通过手机告诉阿耐，他回了我一句，"我已走出非洲，但愿你也能走出索马里兰。"

∧　住在索马里兰的人们几乎从早到晚都在咀嚼这种可以使人变得兴奋的植物

我收起手机，再看向眼前的街道，路上人来人往，地上摆放着一摞摞钱币，旁边的屋舍破烂不堪，我不禁有些茫然。

这是一种罕见的人类的生存状态，但这里的人们，除了如此度日之外又能做些什么呢？这里因为没有得到国际社会的承认，所以也几乎得不到其他国家的援助。在这片贫瘠的土地上，也许努力活着就是生命的终极目标。

让我万万没有想到的是，在我即将离开哈尔格萨之际发生的一件事，却给我的内心留下了一次永远无法忘记的触动。

在哈尔格萨，有一条不成文的规定，如果外国人想要离开这里，必须到当地警察局请警察"护送"。我不知道这个规定的存在是因为这里真的非常危险还是为了给警察局创收，所以当我知道这个规定的时候，心里是非常抗拒的。

于是，我并没有按照规定去做。

离开哈尔格萨时，我独自一人坐上了当地的小型公交车（Mini Bus），准备前往下一站——柏培拉。在沿途的一个关卡处，警察把我乘坐的车拦了下来。他们以我违反相关规定为由，直接把车子的钥匙拔下来没收了。看着这一幕，我有些愤怒。就在这时，车上的一位老人家站出来和警察理论起来，他以长者的威严态度把警察责骂了一顿。看着这位身姿挺拔的老人家为我挺身而出，我猜测他可能是身经百战的军人出身。

一番争执过后，几个警察竟然一改之前的蛮横态度，开始点头哈腰地向老人家敬礼道歉，当我看到刚才还面红耳赤的警察过来和老人拥抱的那一刻，我第一次在索马里兰感受到了人

情的温暖。老人家重新上车，我们继续前行，全车人都为老人鼓起掌来。

阳光洒在车厢内，照耀在老人家布满褶皱的脸上，那是岁月的痕迹。我不知道他的前半生经历过什么，虽然岁月无情，但老人如今依旧充满力量，就如同那日的阳光一般。

抵达柏培拉后，我首先来到了一片沙滩上，看到正在挤骆驼奶的农夫们。索马里兰由于没有石油和其他资源，因此只能向迪拜、也门等国家出口牲畜产品，而柏培拉就是一个畜牧产品的贸易中心。

在沙滩上，我遇到了一个50多岁的大叔，他有八个孩子，其中一个还在中国的南京大学读书，因此这位大叔对中国连连称道。

在柏培拉，我还遇到了一个17岁的青年，他带着妹妹们要

∧ 这位索马里兰老人让我第一次感受到这个地方的温度

到埃塞俄比亚去办理加拿大签证，因为他们的父亲在加拿大。

我在索马里兰遇到了很多普通而真实的人，他们为了生活而努力着。尽管这里还未被承认，但他们仍旧在用自己的方式，维护着自己的尊严。想到这些，我不禁有些难过，而这个青年却对我说，"不要难过，索马里兰人没有眼泪，我们在等待，或许有一天，很多事情都会改变。"

他的话让我突然意识到，再难过也必须微笑着面对他们，因为对他们而言，给予希望比给予同情更有意义。

我微笑着和那个年轻人拥抱告别，这是我当时唯一能做的事情。我也想把自己在索马里兰看到的一切真实地记录下来，希望更多的人能够知道，在遥远的非洲之角，有这样一个地方，有这样一些人，他们一直在等待，等待着被了解，等待着这片土地上永久的和平。

∧ 亚丁湾老人靠挤骆驼奶为生

印度
＋
贵州
＋
北京

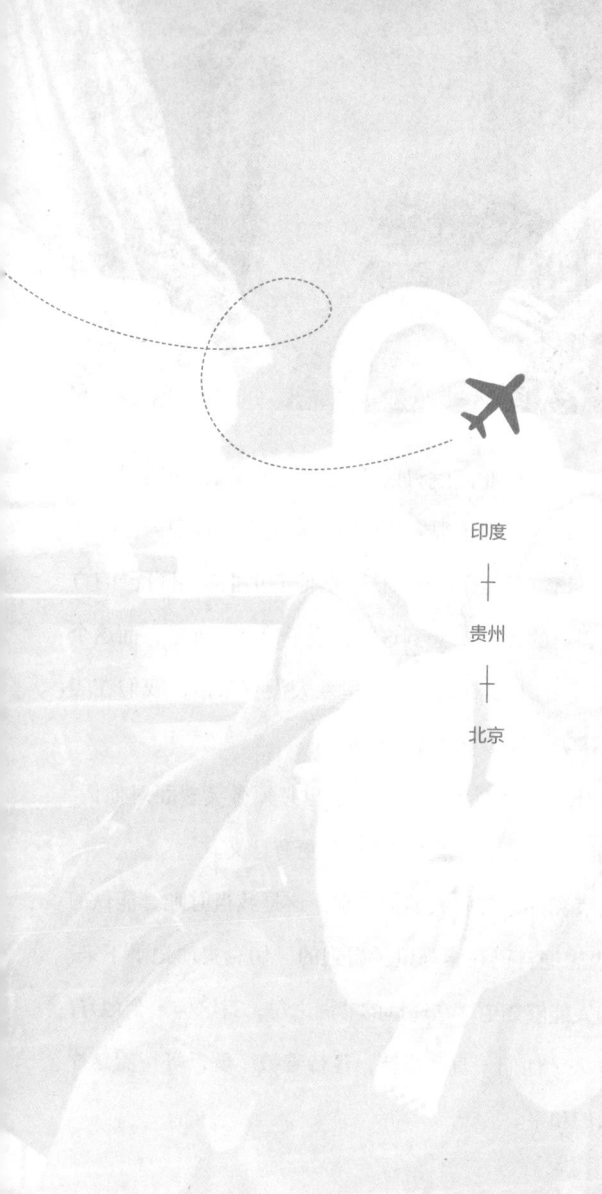

CHAPTER

4

被关注的
旅行

2015
03 月

2015
06 月

来自媒体的关注

　　读大学的时候，看其他人的旅行博客是我平常日子里的一颗糖，为我日复一日的简单重复增加了一些滋味。炎炎夏季，我会跟着他们的文字和照片飞到马尔代夫，看椰林碧绿，感受海风拂面的温柔，坐在夕阳下看黄昏的绝美；寒冷的冬天，我会跟着他们的旅行日志一起来到北欧，闭上眼睛，我也能看到美丽的极光。有时候，我想象自己来到了瑞士的雪山脚下，抬头仰望被白雪覆盖的阿尔卑斯山，身边是一栋栋木质小屋，当袅袅炊烟缓缓升起时，透过微微起着薄雾的玻璃窗，还可以隐约瞧见屋中的壁炉里轻轻摇曳的火苗。

　　这些阅读，在那段岁月里慰藉了一颗想要去看世界的心。我能从他人的文字中看到远方的轮廓，听到远方的声音。想必也正是因为这些文字曾经带给我的愉悦感，让我在 26 岁决定开始周游世界的时候，也毫不犹豫地开通了自己的微信公众号和微博账号。像我曾经读到的那些游记一样，我也想记录下旅行中的点点滴滴，把我所看见的世界一笔一笔地勾勒出来。或许这些文字和照片也能给其他人送去一些慰藉，成为他们生活里的一颗糖。

我想把我看到的世界传达出去，我想将这一路上的故事告诉所有关注我的朋友。恰巧，也是在 2014 年，微博迎来了快速发展的春天，微信公众号也开始受到广泛关注。在这样的背景下，我的微博和公众号也有了粉丝的关注，内容具有了一定的传播力，文字成了我与外界连接的桥梁。

辞职以后，我就将我决定环游北纬 30° 的计划写在了文章里。由此我开始了一边旅行一边写作的生活。现在回忆起来，如果没有微博和公众号的陪伴，可能我今天也不会走上这条职业旅行的道路。

我所记录的文字，不仅让一些热爱旅行的朋友知道了我，也使我受到了媒体的关注。很快就有一些媒体跟我联系，表示希望对我进行采访。我清楚地记得，在我出发后的第 21 天，我正在尼泊尔境内游览，《齐鲁晚报》就用一个整版的篇幅刊登了我裸辞旅行的报道，这应该是我在媒体上的首秀。我还记得，那篇报道的标题是《"最新病毒"：裸辞周游世界》。当我看到文章时，简直受宠若惊，内心非常激动，因为对我来说，这是莫大的鼓励和支持。

随后，当我旅行至印度时，家乡的《贵州都市报》、江西的

《南昌晚报》以及深圳的《宝安日报》等媒体都陆续联系了我，他们中有一些是希望对我进行采访报道，有一些是想约我写自己的旅行专栏，这些刊发在媒体上的文章不仅增加了我的曝光度，也让我有了一些稿费收入，为我后面的旅行积攒了更多的经济基础。这一点，是我始料未及的。

其实，自从我环游世界以来，被问及最多的问题大概就是"经费从何而来"。稿费收入就是其中重要的一部分。工作的那几年，我本就有一些积蓄，按计划，这些钱是足够我一年旅行的花费的，但让我万万没有想到的是，旅行途中的这份意外收获，让我在旅行了一年之后，不仅没有花光自己的积蓄，还赚到了下一年的旅行费用。

对于我的文章，我也曾经问过自己，读者为何愿意一直追着读下去？这个问题一直萦绕在我的心头。

旅行刚开始的时候，我用文字记录所见所闻，这只是为了满足自己记忆的需要。可是，当我有了稿费收入之后，我便多了一份责任感，有了想要输出更多价值的追求。我希望自己发出的每一篇文章都要对得起读到文章的人。也正是这样一个转变，使我对自己文章内容的要求越来越高，这些内容一定是要具有价值的。

让我印象最为深刻的，是一篇关于印度人如何看待生死的文章。恒河被印度人视为圣河，在这条河中，我不仅看到了难以想象的生死共存的景象，也洞悉了隐藏其中的印度人如何看待生死的秘密。这篇文章，我正是在恒河边完成的。

> 《齐鲁晚报》关于我辞职旅行的整版采访，也是我旅行开始后的第一篇媒体报道

C18 乐活
今日济南

26岁企业高管辞职旅行，计划一年时间周游北纬30°线19个国家

"最新病毒"：裸辞周游世界

"裸辞"犹如一种病毒，冲击着高层下的职场白领。如果再加上一个词组成"裸辞旅游"，简直就是一把穿透心脏的利刃，让越来越多80、90后毫无抵抗力。王海是其中的一员，7月2日他辞掉北京某公司高管职务，现在在尼泊尔博卡拉晒太阳。在他的计划里，出发就意味着穿行北纬30°，周游19个国家的计划正式上路。

本报见习记者 王象
实习生 赵洋 齐琳涓

别把梦想
留给有生之年

"18岁的理想是环游世界，22岁读完大学挤上工作了两年，26岁说买了房存款，海岛游不再让我了，又想包游带老婆一起去，35岁有了小孩，你说小孩大一点再去……一拖再拖，等就没有去。"

窗外话句话，王海正处于26岁工作晒高管、位置不低不完的二代。在北京买着不少的梦境就不写见，爱情和孩子也顺意高……一城上一句话触动了心底话题，他乍就立了。

在他之前，已经有大量跟他时龄的年轻人，在下一个工作之前，选择趁到全国无忧全球的旅行。或是背包行、骑行通过网络分享这段经历，评成为"眼事"、"健游"、甚至是一个有点耸人听闻的代——"裸辞族"。

七点半起床，九点进公司，忙到晚十点，每天晚上加完班，十二点休息，小时、7年7年工作下来了一个，在北京买到房买不变，以后都是要上班的日子，一个时候见到的这些，下次就为了风太旅游，轻便说老了一种情况将想如果不再想要多久才以做到呢？

可有一大批抛弃了小的身体，在人们一夜释照几十年，给全国各地大部分，会远海出那去走看一看，走人放几年了体验一下各种生活方式的年轻人在路上，于是就有人为等。
为"裸辞族"。

"先是一，拉萨——尼泊尔——我爬一巴基斯坦——印度——伊朗——伊拉克——沙特阿拉伯——约旦——以色列——巴勒斯坦——即撒逆——埃及——利比亚——阿尔及利亚——摩洛哥——西班牙——到葡萄牙——法国——意大利——瑞士——德国——我回一路奔去了趟的路线图。

这个疑问同题，望雪挥尽睡眠不去的日程安排，王海身心上都着到到一次'四，仍一跳，是四一大"跑，在了离去的那一步，而然了一段非常年轻的最终走，"这不是几28岁的年纪，难，那是所以要做要以经向国还地就喝喝，看身为路受父母，只背一次是，"

转身的寿气,"世没意把梦想留给有生之年."

放空自己的过程
反而让精神更充实

他从北京一直南一北 11宽。

王海通过微信公众账号"旅行世界"这种他更自我的家。建了，大家那东物都退路了一副了，"本东路，"一个人到人出海里行，要走不要大家一起与过，完全不想的发展、地道重要、高远或是通的——自由这段时间。

"很法放做付里来再更远，听一开始可能特化北纪30度来的国家的公路游行，了解其地国家沿途的风景情况，我你人打道外几一个公路游，有人们相都上是何只要的要地球摆起来挣这个公共他。""把我看你我。"

自我要继续再总写，在这真能发了四平，有了来不住过到国上，不要就在不时气里这些东，26岁的他这代小诗题，记是一种人生道来。

"就一次我一直没了也那么干岁的一位一位置比家里一个，"我有一位已去路时一个过头好然亲了这些旅行的人关术，有必有起然觉出底去"裸辞"工作感觉清洁出起来行人关术，有必有起然到这些在世界上，跟什么都不了。""我们告你我了"。

目的也道是骨身，那一过一

⟸一路走，感受异国风情。

家人选择包容
"我们该谢谢你"

在过去、人等的不社会见了各种相的，很好们在我这是上，无数在边人事上了，还你要走就这么多少不上都是这时相应等或的选者。日记，旅步6个至至少来与月的不一所，最终选择的打一下路事情。

一年旁路起根意本那有2014件。很我不在和这会让说过，让先次还什么一个旅行。些。是像自这两回一个。不知何看她的"裸辞"决定如何？

"撒开世界"的微信记账里已经也上千人生关注，他遇可给信件拨信都许各种样各样的人生。王海希望推荐——年的外拨打边你成他们的，推进建立通路一般生，各种不变体与了任。"这段这使他我，拿起身边的到开加事几一、包包，让我们让更更"

身边的朋友家最新的，在我们多年不见的同比比较见不相比过?，就到一去路上买了下面子的人生了。一跟些下是没有中小时人，不"解程是他说，在你想着我们家要的所写，我26岁的找一个决定。""一没时应等没的一个决定。""

"路上到对的点来心与里有最快的起。他行么就要相连以你们一点他想让要，含带怎么，"说这种很高快乐道我们些想在等自己写是有个到这些出与一只用"等我不到你那里。"是路很么就是定路坏路、我们只你我叫

目前那么也是身青，并一只他

一路上，不讯识了很多同船人。

"有这样的世界，我情事我开头这个也面前的要身边如此你感到不能全人的呼话这里一些随步，给伤面就要给怎么直把气些的全世界意意起与自己走一条路。

山东大学哲学专业金发是学院社会系统哲学教学王炳武就一说，不是出现是的情绪五因现象，一方面反映国人情绪出从承念的大的、另一个部分更旅游价值观打化遵负自由的一种价值判正。

"另一个也许关系的，人看这些事要都旅游有的中年处的多别被感，它的这等我个就对了与的家感游游这些，下了工这那上跑走的那她需多水里化件跑哥不走大人，"新三之外，他知地是面还直来本实世界觉了这么情况。""

王武说说，身边到行一些现是为了逃避我当不公，但人更多不同们就事不过到，那一边开始。甲上新是看我不敢时工作，我也的一就对相去的生他生世界一种价值看不上工。"

一个无现一些不好上为她很不到更的他辞同事那其实"这类不是不是了待着，这不也因学好的情，了自己。""在处里本于我在不公，很这郎人作业不过来现工作单业其与果并全不来活现想是这么做有工作的过点感但事实，工不业都让不不至个家的实上要是你是在我价判的去都""是，"

正他说要了自己，她选种为是新的的工作。"我给事个给多行吧？""给自己更自自己已是找年里个至是个下是从社会你不里有她想。

(本文图片均为王海提供)

我清楚地记得，当时在恒河边的烧尸台上，有人正在举行葬礼，仪式结束后，亲友们将亡者的骨灰撒入恒河，那是所有印度人灵魂的归宿。然而，再看向另外一边，有人正在恒河中沐浴、洗澡、嬉戏。再沿着河流往下游走，我甚至看到有人正在饮用恒河里的圣水，还有人在河边洗衣服和床单。神奇的是，当这些在我们眼中根本不可能同时存在的景象同时出现在印度恒河中时，却丝毫没有违和感。

那个下午天气炎热，恒河岸边和往常一样热闹，我静静地看着眼前的一切，文思如泉水一般涌了出来，我赶紧拿出手机，用了两个小时写出了那篇《恒河：不知何生何死，焉知生与死？》的文章，这篇文章最终被刊发在《中国青年报》上。

在我的文字中，你经常能够看到这样的内容，我希望将真实的、并且与我们的日常生活或者认知常识有一定反差的世界呈现出来。因为这才是这个世界的真实面貌，它不唯一，它应该是多样的。只有看到过这些，我们才能打破自己固有的思维，开阔视野，打开心胸，学会接纳。这本就是旅行的意义。

我曾经在文章里写过一句话，"世界告诉我的，我将告诉世界"，所以在我的文字和图片中，我会尽量呈现我所见到的真实状况而不做主观臆断，这是我一路上写作的宗旨，因为我始终认为，这个世界不需要任何人去评判，事实上，也没有人可以去评判。我们所要做的就是真实地记录，这是对这个世界最大的尊重。

> 第一次发表在《中国青年报》上的文章是我关于印度恒河的思考

也许是我的想法与一些读者产生了共鸣，所以越来越多的人开始在我的文章下方留言，与我互动，让我知道我的文字给他们带去的改变。其实，对于这些读者，我一直都想对他们说：正是因为有他们的持续关注，我才受到了极大的鼓舞，我也在被他们改变着。

就当我快要结束北纬30°旅行的时候，我接到了广州电台的邀请，这于我又是一个惊喜。

我的第一段旅程在非洲暂告一段落，因为马上就要到中国的春节了，这个重要时刻我觉得还是要和家人在一起，于是，我收拾好行囊与心情，回到了国内。

为了配合节目录制，所以我选择经广州转机回贵阳。在广

∧ 恒河夜祭,一场延续千年的感恩仪式,如今依然夜夜上演

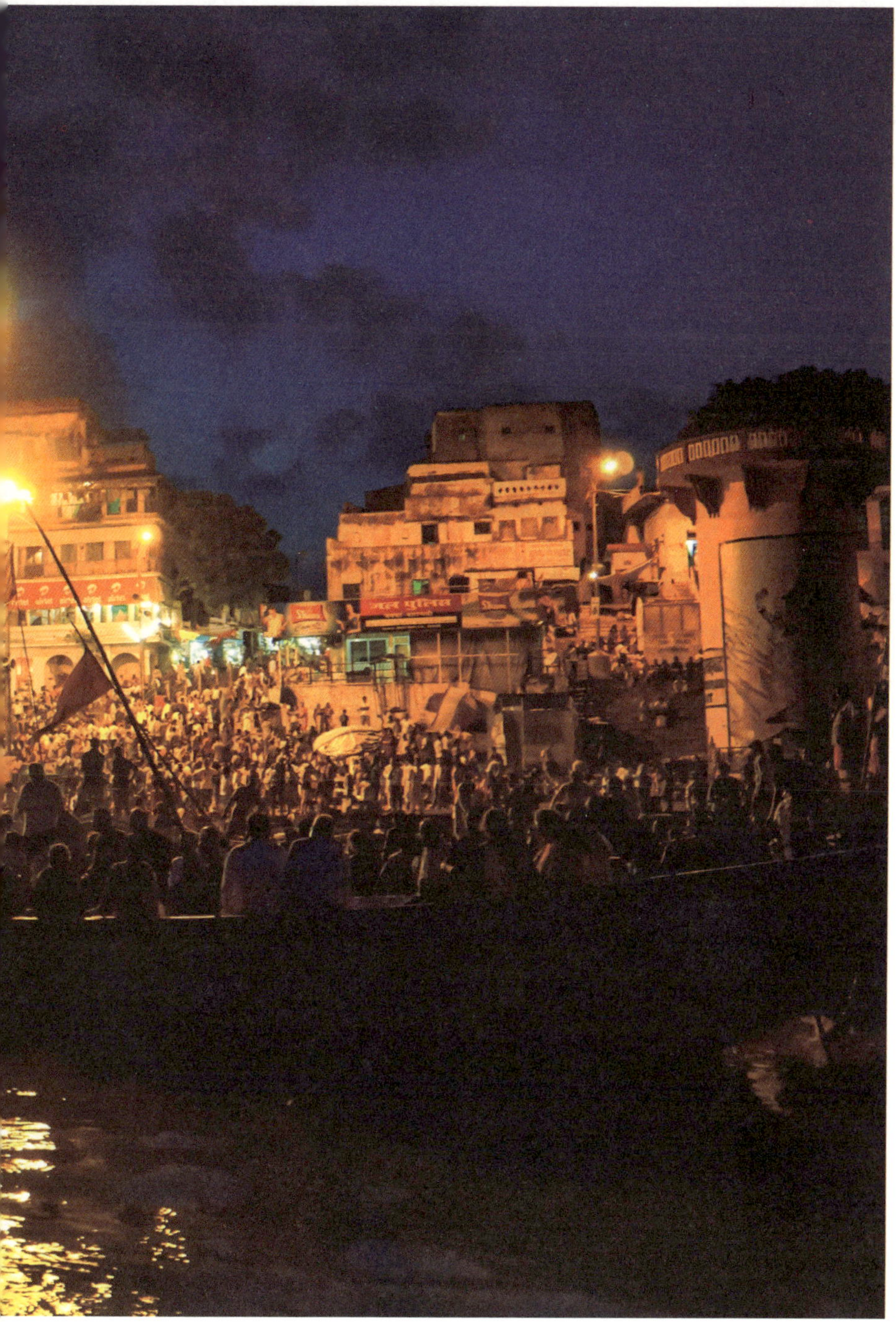

州，我进行了人生中第一次电台节目的录制。刚从非洲回来的我肤色黝黑，当我到达录制现场时，心情紧张而激动。进入机房前，我不断地组织着要分享的内容，把记忆中的精彩片段一遍遍地进行筛选、推翻、再筛选。好在主持人经验丰富，也极为专业，录制期间，在他们的引导下，我很快进入了状态。

　　我从选择辞职开始讲起，到旅行中的各种见闻和有趣的故事，再到严肃的思考，分享的内容由浅入深。在录制结束的那一刻，我突然意识到，一个原本只属于我个人的人生选择，也有可能成为他人的一面镜子，作为人生参考。走出电台，广州的冬季没有那么寒冷，我内心更是温暖的，因为我看到了自己的些许价值。也因为这样，我感到肩头多了一份前所未有的责任感。

∧　人生第一次在电台录制节目

父母终于知道，我辞职了

我扎着一小截长发，留着一小撮胡须，全身上下还散发着从非洲带回来的自由感，从广州踏上了回家的路。

刚下飞机，扑面而来的亲切感让我那浪迹异乡大半年的心突然就有了靠岸的感觉。人就是这样，能够根据所在环境，以及自身与环境之间的关系，进行自我气场的调节。回到了家乡，我一下子就收起了在非洲时的状态，自然而然地变回到原来在家中的模样。

回国之前，《贵州都市报》的工作人员就与我取得了联系，确定要为我在贵阳举办一场小型的旅行分享会。虽然在广州参加的电台节目给了我一些脱口表达的小小经验，可是毕竟是录制节目，眼前并没有真实的听众，而这次分享会，我将第一次与关注者进行面对面的交流和互动，心里难免有些紧张。

以往的工作经验告诉我，只要准备得足够充分，就不会出现大的错误，所以，从确定要举办分享会的那一刻起，我就开始整理这大半年来的行程记录和图片，将值得分享的故事做成了演讲的PPT。当我完成了这些图片、文字、感受和心情的梳理，看着幻灯片上展示出来的内容时，心中竟有一种恍若隔世的感觉，原来这大半年我是这样走过来的。

　　在准备的过程中，我的思绪不停地在现实和过往中切换，心中一个念头也越来越确定，我应该将事情告知父母了。

　　辞职以后，我担心父母一时无法接受我的决定，因此对父母说自己将被公司派到印度工作一段时间。中国的父母都比较传统，我爸妈更是如此，他们是那种会为孩子操心一辈子的人。他们认同的最安全的人生路径也和中国大多数父母一样。在我辞职之前，我的人生就是按照他们的规划在一步一步地进行着。当我在北京找到了一份稳定而体面的工作后，父母终于放下了心，我不忍心让他们看到我刚刚步入正轨的生活被一个所谓的梦想扯得七零八落，也不想那么快就让他们刚刚轻松一些的心情再生困扰。是的，对他们来说，我的决定不亚于晴空霹雳，在他们眼中，我以后的生活将会无所着落。

　　这些让我无法将真相坦诚地告知他们，所以辞职的事情我一直隐瞒着，如今我都从非洲回来了，但他们以为我还在印度。我认真掂量了一下现在自己手里的"筹码"：旅行让我有了一定的关注度，也能够依靠写作赚取的稿费支撑自己的梦想，我有足够的旅行内容与他们分享，最重要的是，我要将旅行带给我的改变呈现给他们看,我要让他们知道,旅行对我的塑造让我变得更加成熟,我对于自己未来的生活也充满了信心。或许这次的旅行分享会就是一个合适的机会。

我萌生了一个大胆的想法,我要邀请他们来参加我的旅行分享会,在活动中揭开我善意的谎言。我在心中默默祈祷,希望这样做对他们来说是一个惊喜,而不是惊吓。

分享会的地点定在了一家书店,场地不算很大,可以容纳几十人参加,主办方将一切安排得井井有条,我也按照自己的计划联系了父母。

他们答应前来,我的心情开始变得复杂,有欣喜,有紧张,有期待,还有忐忑。

父母抵达书店的时候,眼神中仍然充满了疑惑,他们其实还弄不清楚我要分享的具体内容。工作人员帮父母安排了座位,我在一旁进行着最后的准备。其间,我用眼角偷偷地看他们,只见他们的身上罩着书店暖色的灯光,眼睛盯着前面的大屏幕,他们应该已经看到了分享会的主题,但他们也许以为我将分享的是我在印度的工作经历。

那一刻,我依旧无法确定他们知道真相后会是怎样的反应,是否能在听了我的分享后理解我所做的选择。

时间到了,我站上讲台,开始分享这段对他们来说不可思议的故事。余光中,我清楚地看见父母微微皱起了眉头。

我知道,无论我们长到多大,也无论父母变得多老,我们永远是他们心中的孩子,也始终会担心有什么事情一不小心惹怒了他们，会挨打挨骂，哪怕，我们明知他们如今根本打不过我们……父母的皱眉，让我稍稍有些分神，但很快我就调整好，继续顺着PPT分享我旅行中的见闻和故事。我讲到在尼泊尔遇见的公益女孩、在印度对于生死的感悟、在阿富汗的惊心动魄、在非洲的内心触动，也分享了这些经历给我带来的改变。慢慢地，我看到父母在我的故事中额头逐渐舒展，我知道，这大半年的故事和成长，已经说服了他们。

我一直觉得这是很难的事情，但那一刻，我似乎做到了。

父母与子女之间，由于所处的时代和环境不同，对于生活会有不一样的理解。作为"80后"，我们那一代人的父母大多难以跳出自己的标准来看待孩子的独立。我们不能说他们的思想太过保守，也不能说他们的担忧是杞人忧天，因为那是他们那一代人的思考方式，就像我们也有属于我们这一代人考虑事情的方式和角度。

我时常看到，到了父母这个年纪的人，他们融入身边人的"通行证"中，有一张便是子女的生活状态。中国人好面子，而孩子正是父母的面子。不必急于否认，我们都曾希望自己能成为父母的骄傲，为父母争气，可是随着年龄的增长，当我们自身成长为独立的个体时，我们在客观上早已与父母分离了。我会考虑父母的感受，也有责任去安抚父母合情合理的担忧，但我知道，我的人生终究是属于自己的，我更大的责任是对自己的选择乃至生命负责。

分享会结束后，台下响起了掌声，父母的神情似乎放松了

∧ 回到家乡贵州后的第一场分享会

一些。我们拍了一张合影，这张照片被我冲洗出来一直放在床头的抽屉里。我想那是一个提醒，提醒自己无论两代人的代沟多么难以跨越，但只要用心，只要努力，能够拿出足够出色的成绩，我们是能够跨过鸿沟，走向彼此的。

"做得不错，接下来怎么打算？"在一起回家的路上，父亲拍拍我的肩膀问我。

大概是还没有从分享会的状态中走出来，我文绉绉地回了一句："继续旅行，世界太大了，你放心，我会对自己的生命负责，或许那未必是你们所希望的样子，但那的确是我想要的人生！"

我希望这样的观念能够得到他们的认同，更希望这样的观念未来可以成为我作为父亲对待孩子的态度。孩子长大，我一定也会有我的担忧,就如同我的父母一样,可是这份担忧应该是我们自己去面对的问题,而不是转移给孩子,成为孩子在做出决定时的沉重负担。我想,只有当父母和子女之间的界限感树立起来,爱才能在彼此之间自由流淌。

"嗯!"爸爸背着双手,眼望前方,点了点头。

最终,我的选择得到了父母的理解,这是那一夜我最深的感动。那一夜,我跨越了与父母之间那道由于时代、思想、追求不同而形成的代沟,与之相比,不论是我正在进行的北纬30°旅行,还是日后跨越七大洲八十多个国家的行走,都不及那一夜带给我的欢喜和感动。

邂逅分享会上的

我一直相信，志同道合的人总会相逢，哪怕山高水长。

在做完第一次旅行分享会后，我又陆陆续续接到了面对不同人群的分享邀请，这对我来说也成为一个正向的反馈，让我知道旅行在人们心中的地位，同时我也越来越了解在我的旅行分享中什么内容是人们最为关注，最感兴趣的。

2016年，我做了一场面对高中学生的旅行分享，那次活动来了500多名学生。

一开始，我并不太了解对于高中生这个群体来说，旅行意味着什么。在我现在的年纪，回看自己成长的轨迹，感觉读书的时光除了埋头苦读之外，并没有太多心智上的成长，直到大学毕业以后，参加了工作，才觉得自己开始真正成熟，世界观和价值观开始形成。当然，高中时期的我，并不觉得自己是个

孩子，这世上没有任何一个孩子会觉得自己是孩子。

所以，要做一场面对高中生的分享会，我首先要做的就是不把他们当孩子。但同时，我是否应该将成人世界毫无选择地全部呈现给他们呢？是应该只讲述美好，让他们内心充满希望，还是应该告诉他们真实的现实，以做好准备？

仔细掂量之后，我决定不去刻意规避真实，因为最有力量的不是美好，而是真实。

我打算在分享会上告诉他们，在太阳的照耀下，不仅有光明，也会有阴影。所以我准备的分享会主题是：这个世界的残缺与美好。主要内容包括两个部分：在第一部分，我会分享自己的旅行见闻，分享不同国家的文化，好的和不好的都有所涉

∧ 走进高中校园和学生们进行交流

> 学生们对于世界的好奇超出了我的想象

及；在另一个部分，我想与孩子们分享一下当自身追求和父母期望之间存在不一致时，应该如何处理。

在分享之前，我还有些担心这样的话题是否是孩子们所感兴趣的，可是没想到，分享会现场的气氛出乎意料地热烈。

尤其是分享会进行到第二个部分时，当我分享完自己的亲身经历后，全场响起了热烈的掌声。不少同学表示很受启发，看来很多家庭的亲子关系确实存在着一些问题。

一场分享会下来，我突然觉得很感谢这样的时光，学生时代是孩子们最单纯的时候，也正因为这样，所以他们未来会有很多种可能性，他们对于未来充满了向往。孩子们的朝气也感染了我，让我又开始相信，无论这个世界有多少阴影存在，它

都还有很美好的一面。

在我的分享会中，还有另外一次，也带给我很深的触动。

我曾经以为，对于世界的好奇和渴望只属于年轻人，直到在那次分享会上，我遇到了一位65岁的老奶奶。

她戴着一副小眼镜，背着斜挎包，坐在分享会前排的小凳子上。虽然头发已经有些花白，看上去却显得十分精神。我在做分享的时候，就注意到了她，只见她一边认真听，一边还拿着笔飞快地记着笔记。分享会结束后，我直直向她走去，问她还有什么想要了解的，她点点头，又问了我一些路线和行程安排方面的问题。老奶奶告诉我，退休以后，她先在国内旅游，已经去过很多地方了，现在，她也准备去国外走走。那一刻我忽然明白，对于这个世界的渴望或许根植在每一个人的心间，与年龄大小无关。无论多少个世纪过去、社会变得多么发达、

∧ 分享会上遇见一位65岁的老奶奶，她让我明白，看世界永远也不会晚

科技变得多么进步，旅行都是人类一种本能的渴望。

　　我和这位计划着要出国看看的老奶奶合了个影，照片中的她时常在提醒我，旅行看世界，永远都不会晚。看着老奶奶离去的背影，我不禁陷入沉思，等到我60多岁的时候，会怎样呢？那时我还会在路上吗？那时我最想去的地方又是哪里呢？这些问题的答案都只能留到未来去揭晓了。

　　有时候，缘分是非常奇妙的。

　　当初在美国旅行的时候，我选择了作为沙发客的方式。让我意想不到的是，在北京的一场分享会上，我竟然又一次见到了这几位美国的沙发主。这是一次穿越太平洋的再次相聚，久别重逢的感觉让人太过惊喜和激动。在美国，他们是我在洛杉矶那一站的沙发主，一见面我们就相谈甚欢，他们开着敞篷车带着我飞奔在好莱坞，分别的时候，我说："我在中国等你们，到时候带你们了解真正的中国。"没想到没过多久，我们就真的在北京相聚了。

　　虽然不能完全听懂中文，但是在分享会结束后，他们还是很兴奋地向我竖起了大拇指。

　　"知道你之前去过这些地方，但是从未听你说起过这些故事，这样的旅程真是太精彩了！"

　　"你们听得懂？"我惊讶地问。

　　"嘿，我们能看懂照片！"

　　我大笑起来。

　　分享会结束，我带他们去吃了地道的老北京涮肉，他们赞

不绝口。我们边吃边聊，各自讲述着分开以后的时间里发生的故事。他们告诉我，他们已经环游世界七个月了，我瞬间找到了一种熟悉的感觉。我发现，在我对他们的好感里，除了因彼此欣赏之外，还有一个原因，那就是他们曾经出现在我的旅程中，也成了我记忆的一部分。看到他们，我就会想起那段曾经

在洛杉矶的短暂而美好的时光。

我们举起酒杯，回忆中的点点滴滴在酒杯的碰撞声中再次变得鲜活。

那一晚，我醉在了一场相聚里。对我来说，活着的意义就是去创造一段值得回忆的时光，每每想到那些我曾经遇见过的人和曾经发生过的故事，我就更加笃定当年的选择是正确的。

后来，我又走进过中国传媒大学、北京理工大学、对外经济贸易大学、北京林业大学等大学校园，和大学生们一起交流关于旅行的意义。我对自己说，只要我的旅行经历和故事能为他人带来一丝希望或力量，我的分享就会一直继续下去。

我曾经收到过一个学生的留言，他说："我出生在一个小城市，我原来一直以为，以我的家庭条件和学习成绩，可能根本没有出国的机会，也从不敢有伟大的梦想，直到今天你的出现，给了我莫大的勇气，让我感觉到榜样就在身边。不管以后我会不会有你那样的勇气，但今晚你的出现真的让我非常难忘！"

还有一个学生说："亲爱的北石老师，希望你以后继续追逐你的梦想，你的讲座让我受益匪浅，我本来不太开心的生活因为你的出现而变得豁然开朗。"

这些反馈都是对我以及我的分享的莫大肯定。如果说我的分享鼓励了他们，那我想说，其实他们也在鼓励着我。为了他们，我会继续前行。

∧ 参加穷游网组织的分享活动

以色列
╋
巴勒斯坦
╋
古巴

CHAPTER 5

同样的梦想，
不一样的人生

2015
07 月

2015
11 月

即使一无所有,也不必悲伤

结束了国内的工作以后,我又重新开始了我的旅行计划,依然沿着北纬 30° 环球旅行的路线,这一次,我的目的地是以色列。

"你是苗族还是汉族?"

Gil 的问题让我有些惊讶,这个以色列年轻人居然知道在中国的贵州有一个少数民族叫作苗族。Gil 是我在以色列的沙发主,这是我们见面后他问我的第一个问题。

我问他是怎么知道苗族的,他略带一丝得意地告诉我,他不仅曾经到过中国,而且在中国游历了 2 个月,去的地方除了贵州之外,还有青海、四川和云南。

Gil 的经历让我非常惊喜,因为这意味着在接下来的时间里我们将会有很多话题可以聊。

Gil 当时 27 岁，但却还在读大学本科，他所学习的专业是农学。Gil 可以说是我遇到的最特别的一位沙发主。他在学校附近开垦了一片荒地，去实践他在学校学习的知识，地里种的蔬菜长势很好。为了满足生活需要，他还在那里搭建了一个蒙古包，并且接通了电线和供水管道，而这一切都是他自己独立完成的。他带我参观时，我非常惊讶，问他是怎么做到的，他笑着说，农业是他的兴趣所在。

短短的几天时间里，Gil 表现出来的个性特征不禁引发了我对于以色列教育的兴趣。以色列是闻名世界的教育强国，他们到底在用一种什么样的教育方式来培养年轻人呢？

以色列是一个要求全民服兵役的国家。年轻人成长到 18 岁，也就是在他们高中毕业的年龄就必须进入军队服役，男生三年，女生两年。所以，在以色列的大街小巷能够看到很多身

∧ 以色列的沙发主曾经周游过世界

∧ ∨ Gil 自己搭建
蒙古包、自己开荒
种地

一念起，万水千山

着军服的年轻人,他们中有的甚至还背着枪在车站里穿梭。

当兵役生活结束以后,以色列的年轻人仍然不用着急去读大学,这个时候是他们自由选择的阶段,他们中有的人会选择继续留在部队,有些人会选择去读大学,有些人会选择先去创业或者工作。当然,也有一部分人会像 Gil 一样,选择花上一年的时间到外面的世界去看一看,这也是 27 岁的 Gil 依旧是一名本科学生的原因。

Gil 告诉我,他很喜欢这样的方式,服兵役让他的身体和意志得到了很好的锻炼,兵役结束后他选择去旅行,希望能够在旅途中更好地认识自己,找到自己未来真正想要去深入研究的方向。一年的旅行结束后,Gil 选择了农学专业,他说那是他的真爱,他希望毕业以后也能从事这方面的工作。看到 Gil 对于所学专业的热爱,我不禁感叹,或许这样的安排真的有其可取之处。从我自己成长的过程来看,高中毕业的孩子真的未必能为自己的未来确定好方向,我自己不也是在有了一定的社会阅历之后才幡然醒悟,想清楚什么才是自己真正想要的未来的吗?

Gil 说,他的选择一方面是出于自己的喜好,另一方面也跟以色列的自然环境以及国情相关。以色列是个沙漠国家,土地资源贫乏,因此以色列人就需要研究如何在沙漠里提高农作物产量,这其实是很困难的事情。

住在 Gil 家的那几天,他带我参观了现代时尚的特拉维夫,以色列的现代化和时尚气息在特拉维夫得到了很好的体现。最

让我感激的是，Gil 还邀请我去他父母家中共享了安息日晚餐。安息日晚餐对于犹太家庭来说非常重要，在犹太历中，周日是一周的第一天，每周从周五日落开始到周六日落，是他们的安息日。在这一天，大家不再工作，所有商店店铺关门，甚至连公共交通也要停止运行，所有人都要回到家中进行祈祷。

所以，这次能参加 Gil 家的安息日晚餐，我感到非常荣幸。

晚餐开始以后，会有一套固定的进餐仪式，比如诵经、大家一起分享美酒、唱歌等。Gil 告诉我，从小到大，安息日都是这样度过的，这些仪式提醒着他们永远要记得自己是犹太人，不忘传统。

晚饭后，Gil 向我展示了他在哭墙举行成人礼时的照片。犹太人的成人礼是当男孩子长到 13 岁时，在耶路撒冷犹太教圣地——哭墙边举行的一个仪式。仪式当天，男孩会在家中男性成员的陪同下抬着经卷沿着哭墙行走一圈，然后那个男孩需要选择一段经文当众朗诵。读过经文后，男孩会和父亲一起将经筒放到哭墙的经柜里。此时，仪式场地之外的家中女性成员会往人群里抛糖果，以此庆祝孩子成人。

以色列人或许希望通过这样一个仪式，能够将本民族几千年的文化深深植入每一个慢慢长大的孩子心中。

公元 79 年，犹太人的国家被罗马帝国摧毁，此后他们一直处于流离失所的状态，耶路撒冷是所有犹太人心中的圣城，也是他们必须返回的"应许之地"。纵观历史，犹太民族经历了太多的磨难，却始终坚忍不拔，这和他们的民族认同感与文化传承是息息相关的。对于犹太人来说，没有土地的归属，他们就只能通过别的方式彼此相连，而心中的信仰，就是其中最为重要的部分。

在 Gil 姐姐家的时候，有三个细节深深触动了我。第一个细节是当我和 Gil 以及 Gil 的姐姐聊天时，Gil 姐姐的大女儿跑过来，好奇地问我们在说什么，我原以为 Gil 的姐姐会和大多

∧ 犹太人的成人礼

数中国的父母一样教导孩子"大人说话，小孩不要插嘴"，可事实上，Gil 的姐姐并没有这么做，而是非常耐心地把我们所讨论的话题解释给她女儿听，言语间没有长辈对于晚辈那种居高临下的说教，母女俩看起来就像朋友一样。此情此景，我竟心生一丝羡慕。

第二个细节是，家中 12 岁的男孩，看到家里来了客人，于是跑到厨房做了炸牛排和薯条请我们品尝。整个过程中，孩子的母亲都没有上前去帮忙或指导，而是完全放手让孩子去做。家长表现出来的是一份尊重，对孩子的尊重，哪怕孩子们可能做得还不够完美。

第三个细节便是几个孩子对于 Gil 的称呼，他们并没有管 Gil 叫舅舅，而是对 Gil 直呼其名。Gil 告诉我，以色列的很多家庭都不使用舅舅、姑妈这些称谓，他们更习惯于直接叫名字，甚至有些家庭的孩子和父母之间也都是直接叫名字的。一个小小的细节，体现出来的是家庭成员之间的平等关系。

当然，由于文化的差异，这些教育方式在中国可能很难被接受，但从小培养孩子的独立性，给予孩子平等的家庭地位，的确能够让孩子更早地学会与人沟通，学会承担责任，学会质疑常规。这样的教育在客观上才有可能激发出孩子更多的创新意识，才能帮助孩子尽早建立起自己的独立人格。

回望历史长河，犹太民族涌现出了很多伟大的人物，他们为世界文明做出了巨大的贡献。或许正是因为他们从小就获得了独立的成长空间，以及与他人平等相处的权利，才使得这个

∧ Gil 的外甥为大家准备食物

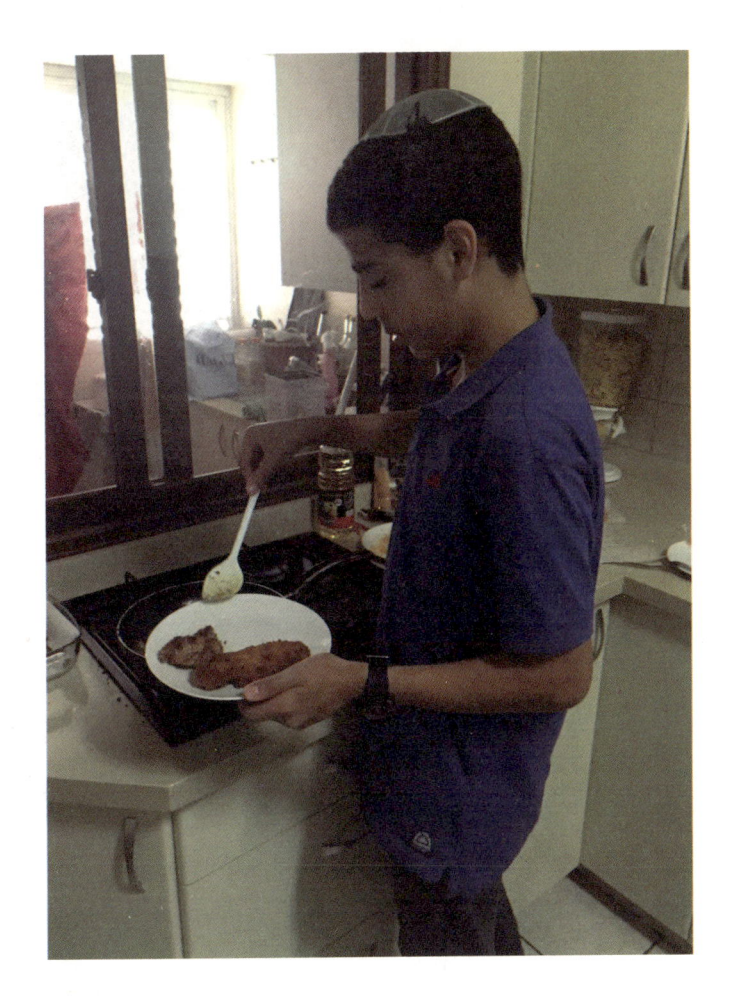

民族人才辈出，并奇迹般地在科技、军事、艺术、教育、农业等各个领域都获得了举世瞩目的巨大成就。

  与 Gil 告别的时候，我的内心极其不舍，他说，将来有一天他要以农业学者的身份前往中国，我在内心默默为他祝福，希望这一天能早些到来。

27岁的 Gil 勇敢、独立、勇于探索、乐于创造。我想，他应该是以色列年轻人的一个缩影。犹太民族虽然有着令人感到悲伤的过去，但如今，他们正在以最务实的生活态度向世界表明——即使一无所有，也不必悲伤，因为只要拥有创造力，生活就会有希望。

∧ 哭墙下的以色列小男孩

没有人教我们如何遗忘

离开以色列，我的下一站是巴勒斯坦，在我的行程安排中，这个国家是不能缺席的。长久以来，以色列和巴勒斯坦，这两个国家之间的恩恩怨怨可谓"扯不清，理还乱"，他们的名字在国际新闻中也始终纠缠在一起，也正因为这样，在到了巴勒斯坦之后，我就直奔巴以隔离墙而去。

当我站在隔离墙下，抬头仰望时，我沉默了。墙上的文字和涂鸦与我想象中的完全不同。本以为在这堵举世闻名的隔离墙上我会看到愤怒和咒骂，没想到出现在眼前的竟然都是对于和平的诉求与期望，温暖且震撼。

这道满是涂鸦的隔离墙，始建于 2002 年。当时，以色列计划沿着 1967 年"六日战争"前以巴边界线修建高 8 米、长约 700 公里的隔离墙，目的是阻止巴勒斯坦激进组织分子渗透

到以色列境内实施恐怖袭击。但整个工程后来遭到联合国及国际社会的强烈反对,最终被迫中止。尽管如此,以色列还是修建了一部分墙体,这部分已经修好的隔离墙由钢筋混凝土墙体、铁丝网、高压电网和电子监控系统组成,同时以色列还派遣了巡逻队和哨兵进行警戒。

我走到巴以墙的一个拐角处,眼前出现了一只展翅欲飞的和平鸽的图案,但在鸽子的胸口处却有一道伤痕,伤口上贴着创可贴。纵使这样,和平鸽受伤的胸口仍旧鲜血直流,血液滴落在这片渴望和平的大地上。我想,看到这只受伤和平鸽,可能所有渴望和平的人们内心也都在滴血吧?

这个世界上出现过很多的墙,我国古代修建长城以阻挡匈

∧ 我在巴以隔离墙上看到的涂鸦,充满着对和平的期待

一念起,万水千山

奴入侵，犹太人用哭墙对话上帝，德国人用柏林墙阻隔意识形态，而此刻，当我站在仍旧冲突不断的巴勒斯坦和以色列两国之间的这堵隔离墙下时，内心感受到的是一种前所未有的心疼。巴勒斯坦人在隔离墙上一笔一笔地画出他们的心声和诉求，这如同是对世界的一张请愿书，字字锥心。

沿着墙根一路走过去，我所看到的都是"停止战争""人类不需要高墙""我们需要和平""自由永恒"这样的标语。这堵墙，不仅隔开了两个国家，也隔离了人心，让很多普通家庭的生活陷入困境。

走着走着，眼前突然出现了一句话：Love is stronger than hate，我的内心滑过一丝感动，是啊，爱比恨更强大。在这样一个伤痕累累的国家，这句话显得尤为沉重。我想这应该也是巴勒斯坦人发自内心的呼唤，爱可以包容一切，即使家园支离破碎、千疮百孔，心中仍然要有爱，因为爱比恨更强大。

我抬头看向隔离墙的顶部，上面铁丝网环绕。在蓝天的映衬下，这些铁丝网显得如此刺眼冰冷，与巴勒斯坦人留下的那些用爱绘制的涂鸦形成了鲜明的对比。

离开巴以隔离墙后，我来到了位于巴勒斯坦中部的城市伯利恒。这座城市人口不多、面积不大，可是，它却每年都吸引着无数人前来朝圣。根据《圣经》记载，伯利恒是耶稣的出生地，素有"圣城中的圣城"之称。

相传，圣母玛利亚为童贞女时便因圣灵感孕，怀上了耶稣。玛利亚的未婚夫约瑟知道此事后，就想与玛利亚解除婚约。后来，约瑟得到天使的启示，知道了神的计划，并按神的旨意将玛利亚迎娶过门。过了一段时间，罗马皇帝奥古斯都下令普查全国人口，约瑟便带着临产的玛利亚来到伯利恒申报户口。他们到达伯利恒的时候，城中的客店已经全部住满了客人，约瑟和玛利亚只好在一间马棚里过夜。这天夜里，玛利亚生下了一个婴孩，她将婴孩用布包起来，放在马槽里。这个马槽便成为耶稣基督的摇篮。

如今，这个马槽所在的位置成了基督教的圣诞教堂。人们都相信耶稣诞生于此，因此每年来此朝圣的信徒络绎不绝。这个教堂始建于公元4世纪，目前由罗马天主教、希腊东正教和亚美尼亚教会联合管理。

进入圣诞教堂，从一个小楼梯下去，便能看到耶稣诞生的那个马槽，它被称为伯利恒星洞。仔细观察，这个马槽位于一个长13米、宽3米的地下岩洞中，相传最早的时候，这里只是一个泥马槽，后来泥马槽被银马槽所替代，再往后，银马槽又被换成了一个大理石圣坛，上面镶嵌着一枚空心的14角伯利恒银星以表示耶稣出生的具体位置，圣坛上镌刻着拉丁文铭文：圣母玛利亚在此生下基督耶稣。圣坛上空悬挂着15盏象征基督教不同派别的银制油灯，昼夜不灭地映照着这个神圣的地方。

2012年，这个圣诞教堂被列入世界文化遗产名录，这也是巴勒斯坦作为联合国教科文组织的新成员首次成功"申遗"。

不知为何，离开巴以隔离墙后，我的心情一直非常沉重，

∧ 位于伯利恒的
圣诞教堂

∨ 相传耶稣就诞生
在这个马槽之中

于是想要去一个热闹的地方消解心中的郁结。我来到伯利恒的市中心，坐在街边，以一个旁观者的视角看着来来往往的人们，在这里，我确实也只是一个旁观者，一个不经意路过这里的过客。那日阳光很耀眼，万里晴空，可是同一个太阳之下，人们的生活却是千差万别。有些事情就是这样难以想象却又真实地存在着。此时此刻，在北京的咖啡馆里应该坐满了品着咖啡聊着生意的商业精英；在欧洲随便一个避世小镇之中，人们正在享受着彼得·梅尔笔下的普罗旺斯那般的岁月静好；而眼前，我看到的是巴勒斯坦人对于爱与和平的渴望。

我想起中国的一句古话"各有前因莫羡人"，作为中国人，我们的国家现在强大起来了，但在这背后也有曾经被外敌侵略的屈辱，我希望巴勒斯坦终会在历史的滚滚长河中，迎来属于自己的和平时代。

想到此，我释然了一些，看到阳光下满大街奔跑的孩子，他们此时此刻的笑声是那样的真实，他们和全世界的孩子一样，调皮、好奇，他们的国家在等待他们长大。

身边有几个孩子看到我是外国人，好奇地围了过来，我忍不住上前和眼前的孩子们打招呼。孩子就是这样，在他们心中没有"隔离墙"。我在心里默默地说："祝福你们，平安长大，倘若有一天隔离墙不复存在，我会再来看看。"

不论走到哪里，我都喜欢去看看那里的市场，因为市场应该是最能反映当地人真实生活的地方。

∧ ∨ 巴勒斯坦的大市场

当我这张中国面孔出现在伯利恒的市场里时，人们明显地表现出一种新奇感，不断有人用"Welcome"传递着他们的友善。集市里，卖水果的大爷正在精心地整理着自己的苹果，卖衣服的小伙儿站在高处使劲地叫卖着，包着头巾的妇女正在和商贩们讨价还价，卖玩具的大哥拉着我看玩具后面"Made in China"的标识，还有一位卖糖果的大哥赶紧递上糖果让我品尝。眼前的一切是一幅多么美好的市井图啊，它让我暂时忘掉了这个国家沉重的历史。此时此刻，这里没有战争，没有流离失所，有的是一张张笑脸背后人们努力生活的模样。

巴勒斯坦的大街上也有很多收买纪念品的小店，我突然很想买一个礼物送给自己，作为我来过这里的纪念，于是，我走进其中的一家店铺。这家店的老板是一位50多岁的老大爷。简单地聊了几句之后，他把我带到了最里面的一间屋子里，我看到墙上挂着一张世界地图。这是一张普通的世界地图，但是上面却插满了五颜六色的图钉，老人告诉我，每当有外国人来到店里，他都会请那个人在这张地图上找到自己国家的位置，并在地图上用彩色图钉做出标记。

弄明白了老人家的意图后，我突然有些感动，老人家是想通过这样的方式来记录一下有哪些国家的人曾经来到过他的店里。我轻轻地拿起一颗红色图钉，插在了地图上北京所在的位置。接着，我和老人家拥抱了一下，我知道，这是一个巴勒斯坦的普通百姓想为这个国家做点事情。

∧ 用自己的方式守护国家尊严的巴勒斯坦老人

在店里，我挑选了一张明信片，画面是一位身着军装的士兵举起双手靠在隔离墙上，旁边一个小女孩正在对士兵进行安检。这是一个多么具有讽刺意味的画面啊，在这个世界上，有多少人假正义之名却在用罪恶之手缔造着苦难。这原本是一个有几分压抑的场景，画师却将主人公的身份进行了转换，使得整个画面变得风趣诙谐起来。

还好，纵使苦难深重，但依然有人愿意相信美好，相信未来，相信爱，就如我在这里遇到的这位礼品店里的老人家，就如我在这里遇到的太多太多的普通人。对于曾经的伤痛，他们或许永远不会遗忘，但生活中，他们也在努力诠释着那句话：爱比恨更强大！

冷暖自知的苦与乐

在古巴首都哈瓦那老城，一栋栋欧式风格的房屋在大街小巷排列开来。它们大部分只有两到三层，墙体粉刷成不同的颜色，有的阳台上还开满了鲜花，阳光直射下来，让这座老城散发出一种慵懒的气息。在某个街头拐角的咖啡厅，你可以点上一杯卡布奇诺，然后悠闲地倚在沙发上看书。因为古巴的官方语言是西班牙语，再加上远处教堂时而传来的钟声，总让我恍惚感觉自己正置身于欧洲的某个地中海城市。

"我能用我的鞋子换你的鞋子吗？"一位古巴年轻人指着我脚上这双美国品牌的鞋子问我。他说在古巴现在还买不到这种款式，最快也要再等上几个月甚至几年的时间。

说实话，在来古巴之前，我未曾想到这里的物资会如此匮乏，更未想到美国的经济封锁会给这里普通百姓的生活造成如

∧ 走在古巴的街头，我总有一种种穿越回过去的错觉

∨ 色彩无疑也是古巴的一张名片

此严重的影响。

有些地方，只有你亲自去过，才知道它是不是你心中的模样。2015年11月，在古巴和美国恢复外交关系的4个月后，我有幸来到了这个可能即将发生变化的国家，来看一看这个被哥伦布发现的神秘岛国。

从墨西哥海滨城市坎昆出发，飞机飞在大西洋的上空，两个小时后，一片绿色的群岛出现在眼前，我知道古巴就在下面了。

古巴位于加勒比海北部，因其国土的形状而被称为"墨西哥湾的钥匙"和"加勒比海的绿色鳄鱼"。关于古巴，我有过太多想象。社会主义国家、切·格瓦拉、卡斯特罗、"猪湾事件"、导弹危机、海明威、雪茄、朗姆酒、拉丁舞，这一个个与之相关的标签让这里越发显得神秘。而生活在古巴的人又会是一种怎样的生活状态呢？我迫切地想去寻找答案。

飞机降落在古巴首都哈瓦那，走出机舱，我立刻感到一股热浪扑面而来。这个岛国的大部分地区都是热带雨林气候，年平均气温为25摄氏度，而11月正是这里较为炎热的时候。岛屿上充足的阳光、细白的沙滩以及碧蓝的海水让这个享有"加勒比明珠"之称的国家成了世界一流的度假胜地。

由于旅游业已经成为古巴国民经济的主要支柱产业，因此，游客通关非常方便，按照古巴政府的相关规定，除美国以外其他国家的游客只需在机场花25美元购买一张旅游卡便能入境。

出国旅行，每到一个国家需要做的第一件事大概就是兑换当地的货币。我们走出机场,看到货币兑换的窗口前已经排起了长长的队伍。在古巴,有两种货币可以流通,一种是可兑换比索(CUC),这种货币与美元等值,外国游客在古巴基本只能使用可兑换比索用餐、住宿和购物;另一种货币为比索(CUP),古巴当地人使用较多,主要用于在露天市场购买蔬菜水果、乘坐公车和在部分古巴国营的餐馆中吃饭等。[1]

兑换好当地货币之后,我便打车直奔哈瓦那老城而去。

在古巴,当地人出行主要依靠两种交通工具,一种是公共巴士,另外一种是按照固定线路行驶的分享出租车。这两种交通工具虽然便宜,但都不设置站台和站牌,当地人可以依靠记忆在固定的地点乘车,可是对于外国游客来说非常不友好,所以游客只能花更多的钱乘坐独立出租车。

在机场通往哈瓦那老城的公路上,道路两旁矗立着高高的棕榈树。由于天气炎热,街上的行人大多是一副沙滩装的打扮。由于美国的经济封锁,因此很多20世纪50年代制造的老爷车仍然在路上飞驰,这也成了当地的一道风景。

这一辆辆老爷车虽然外表被装饰得色彩缤纷,但仔细观察你就会发现它们很多早已破旧不堪,有的甚至在启动时都需要有人在后面推行助力。当然,其中也有一些还是崭新的,阳光下闪着光芒的宽大车头和敞篷车厢使它们看上去霸气十足。

很快,我就抵达了哈瓦那老城,首先要解决的便是住宿问

---

[1] 自1994年起,古巴一直实行双轨制货币和汇率体系。2020年10月13日,古巴政府宣布取消双轨制货币和汇率体系等改革初步计划。

题。在古巴，酒店基本都是国营的，硬件条件比较好但费用也相对较高，而且通常需要提前预订。古巴政府也允许有条件的古巴家庭开设"Casa"，也就是我们所说的民宿，不过按照规定，这些家庭每个月需要向政府缴纳一定的税费。出于竞争的压力，每个开设"Casa"的家庭都会将房间精心地布置一番，这使我第一次在古巴感受到了市场经济的存在。

几经对比之后，我选择了一家民宿中的一个独立的双人间，费用大概为25美元一晚，相比于这里的人均月收入，在古巴能够开设"Casa"的家庭应该都算高收入家庭了。

办理好入住手续之后，我就迫不及待地在城里逛了起来。

哈瓦那这座城市分为新旧两个部分，老城区是在西班牙殖

∧ 美国老爷车如今成了古巴城市的一道风景

∧ 古巴政府允许当地人开办民宿来提高收入

民时期修建并发展起来的，新城临加勒比海，街道宽阔整齐，高楼林立，充满了现代化的气息。据古巴的朋友介绍，1959年古巴革命战争以后，整座城市就基本没有再修建什么新的建筑了。

哈瓦那的老城区由南到北由教堂广场、武器广场、圣弗朗西斯科广场和老广场四个西班牙风情的广场串联而成。由于这里遍布着西班牙殖民统治时期修建的古老建筑、教堂和庭院，因此在1982年时，这里被列入世界文化及自然遗产保护名录。

行走在哈瓦那的老城区，你很容易就迷醉在那些纵横交错的大街小巷之中。这里的建筑外墙都被涂上了明快的颜色，从那些阳台上的浮雕以及充满了古典韵味的木门上虽然能够看到

一念起，万水千山

< 在哈瓦那老城，到处可以看到这种西班牙殖民时期修建的古老建筑

∧ 古巴街头时常能够看到革命领导人切·格瓦拉的头像

岁月留下的痕迹，但那份尊贵与精致仍然令人叹服。

1492年10月，哥伦布首次航海时发现了古巴岛，1510年西班牙远征军征服古巴并对这里开始了漫长的殖民统治。由于特殊的地理位置，古巴就像加勒比海上的一把钥匙，连接着北美和南美两块大陆。15世纪之后，古巴作为西班牙进入南美最重要的港口之一，得到了极好的发展。那时的古巴是富裕的，它是拉丁美洲第一个拥有铁路的国家，也是第一个安装闭路电视的国家，同时古巴也是当时世界上最大的蔗糖出口国，这一切无不说明这里曾经的繁华。

经济的发展也带动了城市的建设，古老的巴洛克风格和新古典主义风格在这片土地上交相辉映，它们从历史中走来，也是历史的见证。

如今，古巴人民依然生活在这些美丽的房子里。在那一条条错综复杂的巷道中，有的人正推着车子在售卖水果蔬菜，有的人则骑着自行车在叫卖雪糕冰棍儿。大街上，男女老少都喜欢三五成群地聚集在一起，说着笑着，街头巷尾哪怕有一点儿新奇的事情发生，大家都会前去围观。对于远道而来的游客，他们都会投以友好的微笑。古老的建筑在这鲜活的生活中，又被重新赋予了生命。

在人类的历史进程中，建筑是一个时代的缩影。但自古巴革命胜利之后，古巴的城市建筑几乎是一片空白，这确实让人感到些许遗憾，然而，陈列在古巴革命博物馆后面的那艘游艇，或许才是这场革命留给世人最深刻的记忆。

古巴是拉丁美洲最后一个脱离西班牙殖民统治的国家。1868年和1895年，古巴先后爆发了两次独立战争，要求脱离西班牙的殖民统治。1898年美西战争之后，古巴被美国占领并于1902年在美国的支持下建立了古巴共和国，从而结束了西班牙在古巴近400年的殖民统治。1934年，巴蒂斯塔在美国的支持之下发动军事政变，建立了亲美的军事独裁政权。1953年，27岁的卡斯特罗率领一批进步青年攻打圣地亚哥的蒙卡达兵营，旨在夺取武器，推翻巴蒂斯塔的独裁统治，但双方力量悬殊，起义失败，卡斯特罗被捕。两年后他流亡到墨西哥。在那里，他认识了比他小两岁的阿根廷青年切·格瓦拉。1955年，一批古巴爱国青年在墨西哥成立了名为"七·二六运动"的革命组

∧ 古巴革命博物馆前的军用飞机

织，为后来古巴共产党的建立奠定了基础。1956 年，卡斯特罗和切·格瓦拉等 82 名青年乘坐"格拉玛号"游艇返回古巴，再次起义受挫后卡斯特罗躲进山区开始游击战。1959 年，起义军逼近哈瓦那，城里的学生和工人发动总罢工和武装起义，里应外合一举推翻了巴蒂斯塔的政权。同年，古巴在卡斯特罗的领导下建立起革命政府。1961 年"猪湾事件"后，卡斯特罗宣布古巴开始社会主义革命，让美洲这片土地上第一次飘扬起了社会主义的旗帜。

　　如今，那艘"格拉玛号"游艇就被作为国宝陈列在古巴革命博物馆后面的玻璃屋里，它是古巴那段重要历史的见证者，更是古巴革命精神的象征。它，引领古巴走上了社会主义道路。

在哈瓦那的街道上，你会发现一种带有"Venta Libre"标识的店铺，走进去你会看到落地柜架上稀稀疏疏摆放着一些日用品和食品，如果有人购买商品，店铺的工作人员会在一个叫作"Libreta"的本子上进行登记，然后转身取过商品递给柜台前排队的人们。这就是古巴仍在实行的计划经济的一个简单场景，和中国曾经的粮票时代很相似。

　　和古巴当地的朋友聊天，我才得知他们每人每月只能低价购买五个鸡蛋，如果想要购买更多，超出的部分就要支付更高的费用。在古巴，很多日常用品都是定额配给，这多多少少能够找到一些中国曾经的影子。作为社会主义国家，古巴也在慢慢摸索着适合自己的发展经验。

∧　古巴街头的涂鸦作品

∧ ∨ "Venta Libre"的存在提醒我,古巴仍在实行计划经济

　　1991年,古巴共产党召开第四次全国代表大会,决定坚持社会主义道路,坚持计划经济;1997年,古巴共产党第五次全国代表大会首次提出把经济工作放在优先地位;2010年,古巴以市场为导向的经济改革逐渐开始;2013年,古巴建立起首个经济特区马里埃尔发展特区;2015年7月,古巴和美国恢复外交关系。

如今，古巴和美国恢复外交关系已经过去四个月了，人们期待的物质丰富的生活还未到来。所以才会出现当我穿着一双美国品牌的鞋子行走在哈瓦那的街巷时，无数次引来年轻人的目光，甚至好几次有人希望和我交换鞋子的情形。

"你爱古巴吗？"我问古巴的朋友。

"当然。"小伙子想都不想就回答了我。

"是的，古巴现在有些方面还比较糟糕，比如网络严格管控，我们出国困难等，但我们也有很多好的方面，比如每月定额供应的便宜日用品，比如免费的医疗和教育，比如安全的治安环境。这几年我们也的确看到了古巴的一些变化，我们不急，国家需要时间慢慢变好。"小伙子继续说着……却让我突然想起了中国古代庄子和惠子的那场关于"子非鱼，安知鱼之乐"的辩论。那个从进入古巴就一直困扰我的问题，我也已经有了答案。古巴人幸福与否，不应由我们凭借外在的价值观去判断，最重要是古巴人自己的感受。

在哈瓦那其实还有很多值得参观的地方，比如美国人1929年修建的非常气派的国会大厦，比如可以俯瞰老城全景的莫罗城堡，比如大文豪海明威的故居，然而我却将更多的时间放在了哈瓦那的老城区里。每天早晨看人们如何开始一天的生活，每天晚上看人们怎么度过与家人在一起的时光。慢慢地，我发觉自己愈发爱上了这里。

在古巴，人们的生活看上去比较闲散，但令人印象更为深刻的，是人们那种简单、快乐、热情和自由的气息。是的，自

∧ 街头偶遇一对情侣，正在安静地享受着音乐

由，这是一种古巴人特有的自由，不因政治和经济，只因内心的那份憧憬和散发出来的那种气息。

当我离开的时候，在驶向机场的路上，那个早已成为世界流行文化符号的切·格瓦拉的头像和卡斯特罗的头像再一次出现……

玻利维亚
＋
南极
＋
巴西
＋
张掖
＋
帕劳
＋
斯里兰卡

CHAPTER 6

突破自己,留下生命印记

2015
12月

2016
06月

他们偷走了我的背包

旅行依然在继续,我从北美穿越中美,最终抵达了南美大陆。一路上,我经过了略显平淡的哥伦比亚,穿过了赤道下的厄瓜多尔,又走过了充满灵性的秘鲁马丘比丘。终于,我来到了心心念念的玻利维亚。

2015年12月10日,我行走在路上的第413天。和往常一样,我选择了当地一辆比较便宜的大巴,打算乘坐夜车从玻利维亚首都拉巴斯去往传说中的"天空之镜"所在地乌尤尼。按照习惯我将装衣物的75升大包放在了大巴车的后备箱里,而将装有相机、电脑、GoPro(一种极限运动专业相机)、护照和硬盘的背包随身带上了车。上车后,我将背包放在了脚下。像这样的情况,以往我都会用背包带往自己的脚上缠几圈,以防止背包丢失。而这次,因为看到座位前排有一个可以放脚的踏板，于是我就将踏板放下压在了背包上。由于连日地奔波，我太过疲惫，上车没多久，我就睡着了。迷迷糊糊间，我感觉车子停过两次，有人上上下下。大概半小时后，我突然觉得脚下碰触不到自己的背包了，于是马上俯身查看，脚下已经空无一物。

旅行了这么久，那个背包几乎和我如影随形，我时时小心、刻刻注意，从不敢让它离开自己的视线，现在，它竟然在我眼前消失了。我内心一阵慌乱，马上叫司机把车停下，并向车上的其他乘客寻求帮助。但车上没有一个人会说英语，那一刻我简直绝望了。

我一路上拍摄的照片和视频资料，因为文件过大且网络不好，大部分还没有来得及备份到网盘上，更要命的是，我的护照也在那个背包里。司机将车子停在了路边，车上有好心人帮我报了警。半个小时后，警察抵达，但仍旧不会说英语。无奈之下，我只能通过手势请车上的人打开手机热点，连上了网络之后，我联系上了一个住在秘鲁的会说西班牙语的朋友，通过他的帮助，警察终于大致明白了我的情况，于是将巴士连同车上所有的乘客一起带回了警察局。

耽误了车上所有人的时间，我感到非常抱歉。我想，这样的一个夜晚，我将终生铭记。

车子开到了警察局，警察对全车人的行李一一开包进行盘查，无果。最后警察只得允许车子和其他乘客离开，我站在黑夜中空空荡荡的街头，看着本来要带我前往目的地的车子慢慢

走远，内心充满了无助与彷徨。

警察把我带到办公室，因为仍然无法直接沟通，我不得不再次拨通了我朋友的手机请他帮我翻译，在我朋友的帮助下，警察为我录了口供。走出警察局的时候，已经晚上11点了，我背上背着那个放在后备箱里的大背包，胸前却空荡荡的。

辞职旅行以来，我总是背着背包走在路上，肩头虽然沉重，但内心却是轻逸的，我一直都很享受这种感觉。而唯独这一次，迈出的每一步都是那么艰难。

其实对我来说，内心的焦躁和失落并不是因为丢失的一些物品，因为电脑、相机、GoPro这些东西都是身外之物，以后努力挣钱还可以再买。最最让我心痛的是丢失了这一路自己艰辛记录的点点滴滴，那些自己顶着烈日或跪着、或趴着、或

∧ 警察对全车人的行李都做了检查

躺着拍下的照片，那些站在一个个世界著名景点前对爸妈说的"我爱你们"的视频，那些深夜无眠一点点用心写下的文字……现在，所有这些珍贵的瞬间和内心的感悟都只能留在我的记忆中了。

我在内心一遍遍提醒自己：要冷静、要坚强，因为接下来我还要去面对因为护照丢失而造成的重重困难。

我首先要处理的就是我的行程安排。在我原本的计划中，几天以后我就要前往南极，并且已经预订好了船票，而要想按计划成行，首先需要补办阿根廷签证。否则资金损失先不说，我这一年翻山越岭只为最后能够到达南极的终极梦想就只能中途夭折了。

南极之行之后，我要从巴西飞往泰国，这段行程也是早已安排好的，若不能成行又是一笔损失。更为重要的是，泰国之行是我与父母的一个约定。这一年我一直在外旅行，想在年末的时候留一点时间陪伴父母，尽尽孝心。现在父母的机票和住宿都已经预订，如果我最后不能赶到泰国去，使计划落空，那将成为我最大的遗憾。

我站在那陌生的路口失了神，不知该何去何从。这种无助，不是你不知道方向，而是你明知道目的地就在前方，却找不到钥匙打开前方的那扇门。

我只能一遍遍提醒自己静下心来，把要解决的问题一一写在纸上。首先，我要确定中国驻玻利维亚大使馆多久能给我发放旅行证；其次，我要弄清楚这个临时发放的旅行证是否能拿到其他国家的签证。另外，我知道中国公民在玻利维亚签阿根廷签证和智利签证是很困难的，所以我还需考虑备选方案。理清思路之后，接下来要做的事情也就逐渐清晰起来。我准备首先申请阿根廷签证，若失败马上转去申请智利或者巴西的签证，要是还不行，我就只能重新网络申请美国签证了。如果以上方案都失败，那我就只能放弃南极之行转办中国护照，力保我能如期落地泰国与父母相聚。

在此之前，我的旅行中从未有过这样的经历。我要列出所有可能，尽自己最大的努力，也要做最坏的打算。对我来说，那将是一场硬仗。唯一令我感到安慰和温暖的，是在这期间有很多小伙伴为我出谋划策，在那段黑暗的日子里为我点亮了希望。

熬过了一个周末之后，新的一周来临了，我告诉自己，必须坚强起来，保持好心态，争取克服每一个困难。

我先跑到报社去办理登报挂失，然后去国际警察局办理证明，再去中国大使馆办理旅行证，接着又去阿根廷大使馆申请签证，我甚至还跑去了当地的二手市场，想看看能否在那里发现我丢失的物品。虽然一直在几个地方之间往返奔波，但这还不是最困难的，最难的事情是要应对当地人只说西班牙语不说英语的尴尬。

这些也是旅行的一部分吗？当然是！只有经过了这些，你才会明白每一道风景都来之不易，在道道坎坷面前才会变得坚强。谁说旅行的途中只有风景？旅行途中也会伴随风雨！我的

∧ 这里让我陷入黑暗——世界上海拔最高的首都拉巴斯

∨ 这里让我找回光明——"天空之镜"乌尤尼

朋友跟我说，只有丢失过护照以后，你的旅行才算圆满！我想这份圆满也给予了我一些成长。

阿根廷驻玻利维亚大使馆的工作人员告诉我，他们需要将我的材料发回首都进行核实，让我等通知。我不知道最终的结果会是什么，但我很庆幸，因为我知道自己已经熬过了最难的时刻，我尽力了！

一个在意大利时同行的好友给我发来了她相机里留存的我的照片，照片中我背着背包，拿着相机正在专注地拍照，有的站在高处、有的蹲在地上，还有几张是趴着的。看着这些照片，我突然发觉原来旅行中的自己是如此投入，这种投入给我带来了很多快乐。而眼前的困难，更让我意识到这份快乐来之不易，让我更加珍惜这份在路上的感受！

遥想多年以后，已至暮年的我别说旅行，或许连跑大使馆的劲儿都没有了，所以，我要珍惜当下，不管旅行带给我的是快乐，还是痛苦，它们都将成为我这一生挥之不去的财富。

朋友对我说，比起我丢失的那些东西，他更担心我失去了那颗想要去看世界的心。是啊，心还在，美好才能继续。

生命不经历波澜，哪来的壮阔。

现实的黑暗可能还没有过去，可我的内心已经重新被希望照亮。我感谢那些在我丢失行李之后给予我帮助和安慰的朋友们。在玻利维亚有两个一直陪伴着我的小伙伴，在拉巴斯有给予我帮助的大使馆领事和帮我做翻译的南美朋友，在北京有一次次帮我给公安局打电话催回执的好友，在微信上有为我出谋划策的网友，在微博上有每天关心着我的未曾谋面的关注者。他们每一个人都似一道阳光，帮我驱逐黑暗。

时间一天天过去，我的内心也变得平静了不少。等待的日子里，我慢慢重拾旅行的状态，想要去看看这座将我带入困境的城市——拉巴斯。是啊，拉巴斯，我想我永远不会忘记这座属于我的意外之城。拉巴斯是一座被群山环绕的城市，但山上都比较荒芜，鲜有绿植，我想这还挺符合我当时的心境。城市里散落着一栋栋红砖老房，模样看上去都很有历史感，还有一些房子建在了周围群山的半山腰，在相对平坦的地方，可以看见几栋较高的建筑，那便是拉巴斯的政府大楼，或一些国家的大使馆。别看这座城市并不是太出名，看起来似乎不起眼，它却有着一个世界之最——世界上海拔最高的首都。

拉巴斯虽然险些成为我的梦断之城，但庆幸的是，它也让我见证了一个奇迹。我在五天时间里，顺利拿到了一个旅行证和两个国家的签证。"经过努力，总算有一个好的结局。"我对自己说。

我没有时间再待在拉巴斯了，证件拿到手之后，我马上开始联系车辆，准备往下一站进发。当汽车沿着盘山路一点点往山上开去，拉巴斯也一点点更为完整地出现在我眼前，我忍不住回头凝望。

在这里，我失去了很多宝贵的东西，可是，这里也让我变得更加勇敢。

接受挑战，见到最真的自己

离开玻利维亚，我终于来到了此次行程中最让我期待和兴奋的地方——南极。

什么时候开始向往南极，我已经记不清了，或许是在读书时看到了《帝企鹅日记》这部纪录片的时候。南极是一个离现实生活很远的地方，它太适合进行一次自我放逐了。

我的南极之行最终还是按照原计划从阿根廷出发，这次与我一路同行的还有两个同样热爱旅行的朋友。因为从阿根廷去往南极的邮轮票非常抢手，所以我们都是提前很长时间就预订了船票。行程一共九天时间，我们全程都要在邮轮上生活，因为南极没有酒店，所以游客们都是白天下船游览，晚上再回到船上休息。原本我心想只要能够到达南极，在邮轮上生活几天都无所谓，但经历过这次旅行之后，我才知道那样的想法真是

太天真了。

　　登船时，我看到船上的每一位乘客脸上都洋溢着激动的神情，因为大家都期待着乘坐这艘邮轮驶向"世界的尽头"，大家也都清楚，"世界尽头"意味着什么。据我在船上的观察，乘客中90%是老年人，这一点倒让我有些惊讶。看着他们望向远方那满是期待的眼神，我再一次对自己说："生命多么短暂，而世界又是多么宽广！"

　　当轮船启动的声音响起，我感觉自己体内所有的细胞都跳跃了起来。

　　"先填饱肚子！"我提议。

∧ 南极，一个需要用一辈子去铭记的目的地于是，我和朋友们一起走向餐厅。船上的食物看上去非常可口，所以汤、前菜、主食和甜点我们基本都点了双份，我感觉自己可以摘得全船"最能吃"的桂冠了。可是，我们前脚刚大吃了一顿，后脚食物就随着海浪的翻涌在胃里翻滚开来。船上所有人的表情几乎都变得非常痛苦。

因为晕船，我们开始呕吐，难受得像生了一场重病。尽管邮轮载着我们在不断地接近南极，可是此时此刻，邮轮上的生活却成为一种煎熬。

走海路从阿根廷去往南极，我们必须穿越有"暴风走廊"之称的德雷克海峡，它是世界上最宽也最深的海峡，深度足以把两座叠放的华山淹没。它也是世界上风浪最大的海峡之一，所以只要有船只驶过这里，船上的乘客几乎都会晕船，我们自然也不例外。

德雷克海峡在南美洲最南端，紧邻智利和阿根廷，是大西洋和太平洋在南部相互沟通的重要海峡，也是南美洲和南极洲分界的地方。当我们的邮轮穿过德雷克海峡时，我有一种很奇妙的感觉，我知道我们离南极越来越近，同时，我们也离自己熟悉的一切越来越远，前方将是一个完全陌生的地域，这种未知让这次旅行更像是一次探险，我则像一个战士一般，内心充满了决不回头的坚毅。身为凡人，一生能有几次这样的体验？我应该感谢南极之行给了我一次这样的机会。

当邮轮进入德雷克海峡时，我发现周围的景物也越来越陌生，远处已经可以看到冰川了。果然，风浪之大并非虚传，我

> 同船前往南极的 8 个中国人

突破自己，留下生命印记

们在海浪带来的摇摆中，身体越发难受，此时只期待着能尽早完成德雷克海峡的穿行。

经过了一整夜的煎熬，第二天，因为风浪的减弱，乘客晕船的症状大多有所缓解，于是，大家纷纷来到餐厅。也许因为大家胃里的东西都吐得差不多了，所以需要补充能量。工作人员在这一天给我们发放了登陆南极时穿的鞋子和一些露营的装备，并对我们进行了一些培训。

当身体感觉舒服一些之后，我走出房间，利用在船上散步的机会仔细观察着船上的一切。让我惊喜的是，船上很多地方都贴着中文标识，打听后才知道，这是因为时常有中国人包船。据说仅2015年一年时间，前往南极的中国人就有3000多人，我听后不禁感叹中国人如今强大的消费能力。

在海上的第三天，窗外开始出现大片大片的冰川，时不时有企鹅跃出水面，我知道，我们终于抵达南极了。我们的身体还没有完全从晕船的痛苦中恢复过来，工作人员就发来了可以登陆的消息，那一刻，我已顾不得自己疲惫的身体了。

我们运气还算好，登陆的时候，天气不错。

当我的双脚终于踏在了南极的陆地上，当我看见蓝色的冰川就在眼前触手可及的地方，我再也抑制不住自己百转千回的思绪在心底蔓延开来。

"看到了吗？我们到南极了！"

身后传来一位外国老妇人惊喜的呼喊，声音虽显疲惫，但激动的情绪清晰可辨，她的身边站着一位满头白发的男士，我看见他在那一刻牵起了老妇人的手。

此情此景让我不禁想起在阿根廷遇到的一个女孩,她已经在路上行走了大半年,我和她聊起旅行的意义。她对我说:"旅行对我而言,就是让与我同行的爱人永远不会忘记我,哪怕有一天我们分手了,但我们曾经一起牵手走过的地方,始终会让他想起我们在一起的时光。"

我尊重那个女孩的想法,但她的话总让我觉得有哪里不太对劲。此时此刻,看着眼前这对年迈的夫妇,我忽然想对那个女孩说,无论曾经是谁陪在你身边,只有当你即将离开人世的时候,那个与你牵手的人或许才是最重要的。看着老妇人一脸的欢愉,我想那份开心,应该不仅仅是因为来到了南极。

从第四天开始,我们可以乘坐游艇在南极海域巡游了。

我迫不及待地乘着游艇破冰而出,浮冰在身旁滑过,远处的冰川时隐时现,我感觉自己仿佛置身于一场隔世的梦境中。这里没有尘世的纷扰和喧嚣,有的只是那漂浮在海面上散发出幽幽淡蓝色光芒的寒冰,孤独且绝美。南极是世界上最后一片净土,这些形态各异的冰,在这里沉睡了千万年。

"太美了!"

"能换个词吗?美,足够形容它吗?"

我身后又传来了两个人的对话。是啊,于南极而言,一个"美"字真是显得太过苍白了。

我曾见过世间很多极致的美景,它们都给人一种梦幻感。譬如,玻利维亚的乌尤尼盐湖,就因湖面映照出来的倒影而有

∧ 幽蓝宛若梦境,沉睡千万年,只等你来叫醒

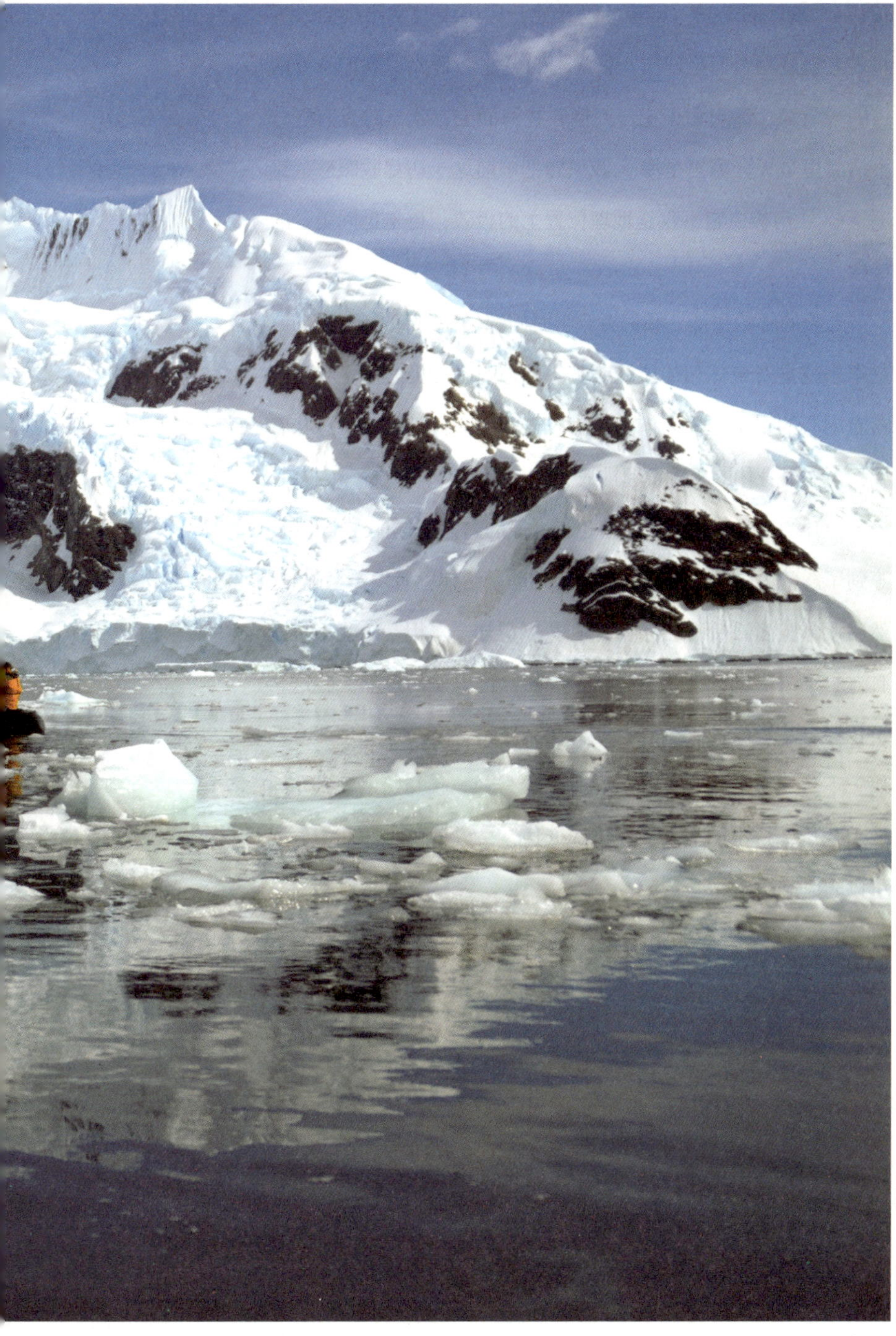

"天空之镜"的美誉；秘鲁的马丘比丘因山中时常出现的云雾与古老遗迹融合而呈现出一种虚幻的灵性。此刻，我们身处南极的天堂湾，冰川和天空一同倒映在海面上，我一时竟有些分不清哪里是天，哪里是海。我只想把眼前这一切尽收眼底，铭刻于心。南极，它不仅是地理位置上的极致，更是世间美景的极致。

九天的邮轮生活，我们有一半时间都是伴随着晕船度过的，这本来就是对身体和体能的考验，可是到了南极之后，我又跟随着内心的指引选择去体验了南极露营和南极跳水，这意味着我将再次对身体的极限发起挑战。

一开始，我以为南极露营也和一般的露营一样住在帐篷里，等到了露营大陆才知道，这项体验活动是给体验者发一个睡袋，然后让体验者直接睡在冰天雪地里。得知"真相"的我不是没有过打退堂鼓的念头，可是转念一想，这里是南极啊，我这辈子也许就来这一次，想到这儿，我又鼓起勇气决定还是要去挑战一下。拿到睡袋之后，我和其他参与者一起开始用铁锹在冰面上挖坑，挖出的冰堆放在坑的旁边，垒成一个小冰墙，这样可以防风避寒。

"这简直太刺激了！"同伴说。

"是啊，有过这次经历之后，还有哪里不敢露营的？"

"有没有人觉得这像是在给自己挖……"

"呸、呸、呸！"

"哈哈哈！"

∧∨ 有一种"呆萌可爱"叫南极企鹅

我们一边挖，一边展开各种想象，每个人的话音中都带着喘息声。

完成了所有的准备工作之后，我就迫不及待地钻进了睡袋，拉好所有拉链，我做了一次深呼吸，这一刻，整个世界都安静了。我就这样一动不动地躺在冰天雪地之中，四周是雪山环抱，海豹和企鹅就睡在身旁。此时的南极是极昼，没有黑夜，我们真正体验到了什么是"以天为盖雪为庐"。我渐渐感觉自己完全融入了这谜一般的大自然，尽管自己如此渺小，但感受却是千真万确的。我在心底对自己说："在短暂的人生中能有几次这样的挑战呢？这一次自己鼓起勇气做出的决定，必将成为我永生难忘的记忆！"

因为这个季节的南极没有黑夜，所以单纯依靠感官我无法判断自己在雪地上躺了多久。睁开眼，眼前还是这淡蓝色的晶莹世界，四周仍旧寂静，只有耳边的风声不曾停歇……

接下来，我又去体验了南极跳水。虽然我知道水一定会很冷，可是有时候我就是不信邪。知道我要去体验跳水后，身边的人都兴奋起来，他们都想等着看我跳下去之后的反应，我这才开始感觉到有一点紧张。

我换上泳装，走到室外，刺骨的寒气猛烈地袭来，我调整了一下呼吸，在心里给自己打气加油。终于，我站到了跳板的边缘处，此时只要一抬脚，我就会落下去。我没有忘记带上防水相机，准备记录下这属于我的传奇时刻。

"死就死吧！"我在心里大喊一声，双脚一蹬就跳了下去。

∧ 在南极的一次极限挑战——雪地露营

就在入水的那一刻,我感觉刺骨的海水夹杂着无数冰晶吞噬了我的身体,我的脑袋一片空白,只剩下了一连串的问号,这水怎么可以冷成这样?顾不上什么姿态了,我用尽全身力气划着水,好不容易将自己托出水面,突然想起了手里的相机,于是我还想挣扎一下试图对着相机说两句话,可嘴巴却已经不听使

唤了。"重在体验!"我在心里安慰自己,出于求生的本能我向岸边游去。

上岸以后,我全身抖作一团,走进船舱,却听到一阵掌声。

"还可以吧。"我勉强说出一句话。

"你们,还是别跳了!"缓了一会儿神儿之后,我又补充道。

等到身体逐渐恢复了温度,我才反应过来刚刚自己经历了什么,心情复杂却又难以抑制内心的兴奋,因为我又完成了人生中永远难忘的一次挑战。

有人说,"不逼自己一把,你永远不知道自己有多厉害。"

在南极露营,在南极跳水,这些体验让我看到了最勇敢的自己,那个在心底渴望和这个世界建立联系的自己,那个愿意通过不同的尝试让自己有所变化的自己,那个希望不断丰富自己生命的自己。

九天的行程很快就结束了,回到乌斯怀亚的我再次回望德雷克海峡,十天前我乘船朝着那个方向前进,现在我与它挥别。有人问我对于南极的感受,我想说:南极,它是我生命中一场真实的梦!

﹀ 南极跳水——入水的那一刻,我终生难忘

﹥ 有一种"寒冷"叫南极裸奔

CHAPTER 6 突破自己，留下生命印记

一次商业活动，打开了旅行新世界

结束了南极之行后，我们又乘坐邮轮返回了阿根廷，虽然船上的食物还算丰富，但等船靠岸后，我们还是相约在布宜诺斯艾利斯一起吃了一顿久违的中餐。在外旅行，无论异国的食物多么美味，都抵不过已经深入灵魂的家乡的味道。

接下来，我会按照原定计划先去巴西，再到泰国与父母团聚。

然而，抵达巴西之前，却出现了一个小意外。

在巴西驻阿根廷的大使馆，我拿到了巴西的签证。按照习惯，我先把签证检查了一遍，突然发现签证上我的名字是错的，中间多写了一个字母"H"。我拿着签证找到工作人员，询问他们要怎么处理。

工作人员找出我之前提交的申请表，表格上的姓名栏跃然

∧ 俯瞰里约热内卢

眼前。是的,跟工作人员无关,是我自己写错了!我连连向工作人员道歉。我知道此时倘若再让大使馆重新出一份签证,肯定至少要再等上一天。眼看我预订的去里约的航班第二天一大早就要起飞了,我实在没有时间再继续等待,无奈之下,我只好硬着头皮先拿着这张签证去海关试试运气。

入关检查的时候,我紧张得手心冒汗,但表情还要装作云淡风轻,这简直是对我心理素质的一场考验。轮到我了,我强装镇定,递出了证件。工作人员在电脑上把我的护照至少扫描了五次,并且反复查看着签证页。我感觉自己心跳加速,唯一能做的只剩下在内心默默祈祷了。

我正六神无主,只听见"啪"的一声,工作人员竟然盖章放行了。我当时几乎喜极而泣,赶紧拿过证件转身就走,心中

∧ 热情、奔放的巴西人

呐喊了一声："巴西，我来了！"

  飞机一起一落，我已抵达了里约。将行李放到青年旅社，我就直奔 Rio Scenarium 而去。这是一个全世界闻名的酒吧，它的前身是一家三层楼高的古董店，因此现在的酒吧也延续了复古的装饰风格。这里不仅深受巴西年轻人喜爱，每天也聚集着来自世界各地的游客。奇妙的是，不论是舞技娴熟的巴西人,还是身体并不灵活的外国人,在这里都能够随着音乐尽情舞动。此时,我的脑海中只有一句话——桑巴,里约的灵魂!

巴西的热情和奔放令人着迷,正当我沉醉其中时却接到了国内一家亲子动物园的邀请,希望我前去体验。我有些犹豫,因为如果答应下来不仅会改变我的旅行计划,也会在一定程度上改变我的旅行方式。这两年在路上的生活,所有的旅行规划都是按照我个人的意愿来制订的,一旦接受了景区的邀请,旅行于我而言是否就发生了变化呢?我不得而知!但是出于我的好奇心,我是愿意接受这次邀请的,理由很简单,因为我知道一个旅行目的地的好坏不应该由我遇见它的方式来决定,不论是我主动计划前往,还是接受邀请前往,它就在那里,它的价值只能由它本身来决定。

想到这里,我的内心也就不再犹豫,我要去看一看那些不曾被我注意到的旅行目的地,它们应该也会有我所不了解的美好吧!

在完成了和父母的泰国旅行后,我如约回到国内,参加了这次体验活动。

让我没有想到的是,这次活动为我正式进入职业旅行的圈子打开了一扇窗。尽管在此之前,我从未想过要以旅行为职业,可是这次活动让我看到了旅游市场的火热以及人们对于旅行产品的渴求。

在和那些旅行自媒体前辈们进行交流的过程中,我发现他

∧ 提前到来的张掖之行

∨ 人生第一次收到汽车品牌的活动邀请

一念起，万水千山

们不仅仅在实现着个人的梦想，也在帮助其他人实现梦想，我开始思考旅行作为职业的价值。对于这个问题，我不想草率地得出结论，于是我决定在具体的工作中寻找答案。

这次体验活动结束之后，我跟随着一个汽车越野团队去张掖进行了一次越野车自驾行。张掖到底是一个怎样的地方，我决定亲自去看看，就如同我去过的其他任何一个地方一样。

我和车队的成员们一起共同研究策划了一条旅行路线，将张掖最美的风景——串联起来。沿着这条路线，我们一边行进，一边将路上的美景分享给对张掖有兴趣的旅游爱好者，给他们提供了一份与众不同的旅行攻略。

同时，因为我们这次旅行的交通工具是越野车，几百公里的路程全部自驾，自然也就对车的性能有了比较直观的感受。这对于想要买车的人来说，我们经过长途跋涉而形成的测评报告也更具有说服力。

而对于我自己来说，张掖并不在我近期旅行的规划当中，我却因为一次商业合作提前与它相遇，因此这算是一次惊喜之旅。

结束了张掖的自驾之行后，我又很幸运地接到了广州电视台《一起旅游吧》节目的邀请，前往帕劳录制节目，提前开启了我的大洋洲之行。这也是我人生中第一次和专业的拍摄团队合作。说实话，当我站在镜头前还是非常紧张的。以前在屏幕上看别人总觉得轻松自如，没想到自己尝试起来是那么不容易。镜头前，我不仅要时刻注意自己的形象，还要克服内心的胆怯，这于我，是一次挑战。

电视台的工作人员是非常专业的。以前，我一直认为旅行分享是一件自然而然的事，看到什么，就分享什么，可是我发现，当这一切成为工作后，就不一样了。分享时少了几分随意，多了一份专业的态度。在旅行的过程中，我们需要去认真体验每一个项目，甚至需要带着挑剔的目光去总结每个项目的优劣之处，有时候，我们体验了十几个项目，但真正挑选出来值得推荐的只有一两个而已。

那段时间，我的生活变得非常忙碌，虽然每天仍在旅行，但已经不是我自己独自行走了。很多时候，我们白天考察项目，完成拍摄，晚上就要连夜出稿，每天只能睡四五个小时。我努力地调整自己去适应这种工作的状态。

当商品出现在我的微博和公众号文章里时，质疑之声也随之而来。

一些一路关注我的伙伴在后台给我留言或发来私信，说我的旅行和以前不一样了，开始变得商业化，我好像已经不再是最初那个背包穷游的北石了。

这些质疑的声音让我很难过。因为他们是我一路走来始终相随的朋友，他们曾经因为我的旅途分享而获得过温暖的共鸣，这一切曾经是那么美好，而现在，我是不是正在一点一点毁掉这份美好呢？

随着质疑的声音越来越多，我的心情也在矛盾中跌入了谷底。回想这几年，行走在路上，有一个问题是我始终无法回避

∧ 跟随电视台的节目摄制组来到帕劳，潜入海底

的，那就是：结束了环球旅行之后，我将何去何从？是回到北京再找一份工作，重新做回一个朝九晚五的都市白领，还是在行走的路途中，继续寻找下一个目的地？不可否认，有一个稳定的职业是重要的，因为作为一个成年人，我也有生存的压力，但我不想用这样的理由来解释我的商业合作，因为在这个世界上，能够养活自己的方式有很多，所以，这不应该是最根本的理由。

我在心中反复问自己，如果现在我选择回去，那么当初又为什么要选择旅行呢？我又想起了那部改变了我人生轨迹的音乐剧《妈妈咪呀》，剧中那激情四射的音乐又在耳畔响起，那位虽然年迈却仍然充满活力的母亲又跃然眼前。是的，当初不就是因为想让自己的生命也能如此精彩，才坚定了去旅行的初心吗？

人生不过几十年，有限的时间应该尽量多去体验，旅行的目的也正在于此，既然这样，那又何必纠结于是自由随心还是精心策划呢？背包也好，轻奢也罢，不都是人生的不同经历吗？

想到这儿，多日来的矛盾心情稍稍释然了一些，我不想再去刻意地回应和解释，因为我知道自己在做什么，我也知道什么才是自己想要的生活。

随着商业邀请的活动越来越多，我也开始对这一类活动进行筛选，那些明显没有价值的，我会直接拒绝，因为每个人的时间和精力都是有限的，我要把自己的生命投入到更有意义或者更有挖掘空间的事情上去。

接下来，我去了在斯里兰卡举办的全球旅游博主大会，我想通过这次职业旅人的盛会，更加深入地了解这个行业，我想知道支撑这个行业存在的底层逻辑。

上一次来到斯里兰卡，我仅仅是一个游客，一个记录者，

∧ 第二次来到斯里兰卡，此行让我有很多别样的收获

一念起，万水千山

而这一次故地重游，我的身份却发生了变化。我知道这种转变将带给我不小的挑战，我需要沉着应对；我也知道想要战胜挑战并不容易，但我愿意为此突破自我。因为我知道，今后的旅行将会承载更多人的梦想。

法国
＋
摩洛哥
＋
德国
＋
捷克
＋
贵州
＋
留尼汪
＋
挪威

CHAPTER

7

当旅行
成为职业

2016
07 月

2017
01 月

丢掉初心了吗？

从斯里兰卡回来，我又跟着一个视频节目组前往法国录制节目，其间因为工作很多，我没有留出闲暇时间以个人身份在法国游览，这让很多一直关注我的网友非常失望，不少人给我留言，说我丢掉了旅行的初心。

虽然在巴黎的那几日，每天都是艳阳高照，但我并没有心情去享受这份美好。白天，我需要把全部精力投入工作，尽量不让自己受到这些留言的打扰，但到了夜深人静的时候，我无法继续逃避，我知道这些质疑的声音是我必须去面对的。

"商业成分的加入，真的让我丢掉初心了吗？"我扪心自问。

法国的工作结束以后，我并没有跟随拍摄团队一起回国，而是独自一人去了摩洛哥。

∧ 在巴黎，配合欧洲杯节目的拍摄

∨ 摩洛哥不一样的色彩

187

摩洛哥本是我刚开始旅行时就计划要去的国家，无奈那个时候办理摩洛哥签证非常困难，才一直没能成行。然而，就在我正好需要找个地方让自己安静一下的时候，摩洛哥政府突然宣布对中国游客免签了。或许，有些地方确实需要等待，你和它的缘分总会在适当的时候降临。

我刚进入马拉喀什老城，就有当地的年轻人过来搭讪，要给我带路。多年的旅行经验告诉我，这样的表现不太善意，所以我拒绝了他们。可尽管我再三对他们说："No, thank you！"他们还是紧紧跟随着我。

就这样，这几个年轻人一路跟随着我到了青年旅社，果然，还没等我进门，他们就开始管我要钱了。其实，我在很多地方都遇到过类似的情形，只是没想到，在我一直向往的摩洛哥也会这样。或许和我当时的心境有关，我的心中掠过一丝莫名的心酸与失落。

其实，任何国家都有不同的侧面，对于一个决心要走遍世界的人来说，不应该只能接受某个地方的美好。虽然在摩洛哥经历了一个小小的插曲，但它依旧让我期待。

在摩洛哥，舍夫沙万是我最喜欢的城市。如同这里的颜色一样，舍夫沙万有着摩洛哥其他地方所没有的清新感。这里没有商贩的纠缠，更没有针对游客而故意抬高的物价，有的只是一份如世外桃源般的宁静。在舍夫沙万的那个晚上，我戴着耳机，漫无目的地穿行在一条条蓝色的巷子里，我不知道自己将去往哪里，也不担心自己会迷路，我对自己说："只要头顶的月

∧ 每一个去过舍夫沙万的人都会有一张这样的照片

∨ 蓝色王国里的小生灵

光还在，这样就好！"

在一条街巷里，我偶遇了一群20岁出头的摩洛哥年轻人，于是便上前和他们攀谈了起来。

"在所有去过的地方中你最爱哪里？"这些年轻人问我。

"伊朗！"我回答。

"那舍夫沙万怎么样？"年轻人继续追问。

我对他们说："今晚，我感觉自己回到了伊朗！"

告别的时候，他们吵着要与我合影，但当他们真的和我一起站到镜头前时，又都害羞起来。我从心底喜欢这群年轻人。

看着他们远去的背影，我不由得又想起了这段时间以来一直困扰着自己的那些质疑声。以前，每到一个地方，我都会将

∧ 卡萨布兰卡街头的摩洛哥少年

当地的真实面貌展现在文字里，我也会将自己与当地人的交流与大家分享，如果说这样做我是抱有初心的，那么，现在我将自己在工作状态下去体验的真实感受与心得记录下来并呈现，我就丢掉初心了吗？

对于这个问题，我仍然没有找到答案。

离开摩洛哥后，我又途经捷克和瑞士，最后来到德国。

不知道是不是人在情绪低落的时候就会特别想家，在柏林的那几日，我特别想念中餐，于是找到一家名叫"福利来"的中国餐馆。我走进去点了几道菜，没想到口味非常正宗。见到老板的那一刻，我觉得特别亲切。老板是一位东北大姐，在德国生活了很多年。她告诉我，很多德国人对于中餐的认知都来源于福建人以前开的炸鸡馆，但她却想在德国开一家地道的中国东北菜馆和火锅店，她想告诉这里的外国人，中国的饮食文化博大精深，中国的幅员辽阔也带来了丰富的菜系。

听到这些，我有些感动。这些年随着中国的发展，我可以感受到在国外旅行时，人们对于中国的好奇，这样的餐馆其实已经成为外国人了解中国的一个窗口，尤其在用餐的过程中，食客和店家少不了会有一些交流，一问一答之间，中国的面貌就被逐渐呈现了出来。

我吃得特别满足，看着隔壁桌的外国人正在费力地学习使用筷子，不禁笑了起来。

我告诉老板，下一站我要去科隆，说话间我咳了几声，才发觉浑身乏力，我这才意识到自己可能生病了。

我赶紧回到酒店睡了一觉，醒来后，我摸了摸自己的身体，有些发烧，我确定自己真的病了。躺在床上，我双手无力，呼吸也变得有些急促，我两眼无助地望向天花板，心想或许这些日子以来所有心中的积郁正在通过身体的不适而发散出来。此刻，我已经没有了任何食欲。

我强撑着从床上坐起来，在行李中翻出了随身携带的药物，考虑到如果病情再严重下去我可能需要去住院，于是，我收拾好行李准备换一家便宜一些的旅舍，毕竟住院的费用并不在我这次旅行的预算里。

我拖着沉重的身体和行李，向另一家旅社走去。

开始旅行以来我几乎很少生病，印象中只有在埃及得了一

∧ 德国科隆大教堂

次荨麻疹,而那个时候至少还有小伙伴陪在我身边。而现在,我孑然一身走在大街上,突然很想自拍一张照片发到朋友圈,告诉大家我此时的无助与狼狈。是的,旅途中并不都是光鲜亮丽。

好在吃过药睡了一晚之后,我的身体有了好转,于是我决定再休息几日,等身体恢复之后,再按照原计划前往科隆。我用科隆的红烧肘子给自己打气,才发现自己又有了一些食欲,这也算一件好事。

抵达科隆后,我先去了科隆大教堂。看着这座绝世建筑,我的钦佩之情油然而生。我一边欣赏一边想:当年这些建筑师在设计这些伟大作品的时候,他们的灵感是源于热爱,还是因为他们找到了创作的意义?

是啊,意义,这是我们无论做什么都在寻找的东西。阿德勒在《自卑与超越》的开篇就写过:人类生活在意义的国度里,我们并非体验纯粹的环境,我们总是体验环境对人们的重要意义。

走在科隆的街头,我买了一杯黑啤,人们都说德国的啤酒最好喝,但人在伤心的时候,可能全天下再好喝的酒都会越喝越苦涩。

握着手中的酒杯,我仔细回想着这一次的欧洲之行,除了摩洛哥之外,可能给我印象最深的地方就是捷克了。在捷克的时候,我曾想如果让我选择一个外国的城市定居下来,那应该就是布拉格了吧。全世界我到访过那么多地方,布拉格

∧ 捷克的克鲁姆洛夫,也就是大家常说的"CK小镇",如同一个童话王国

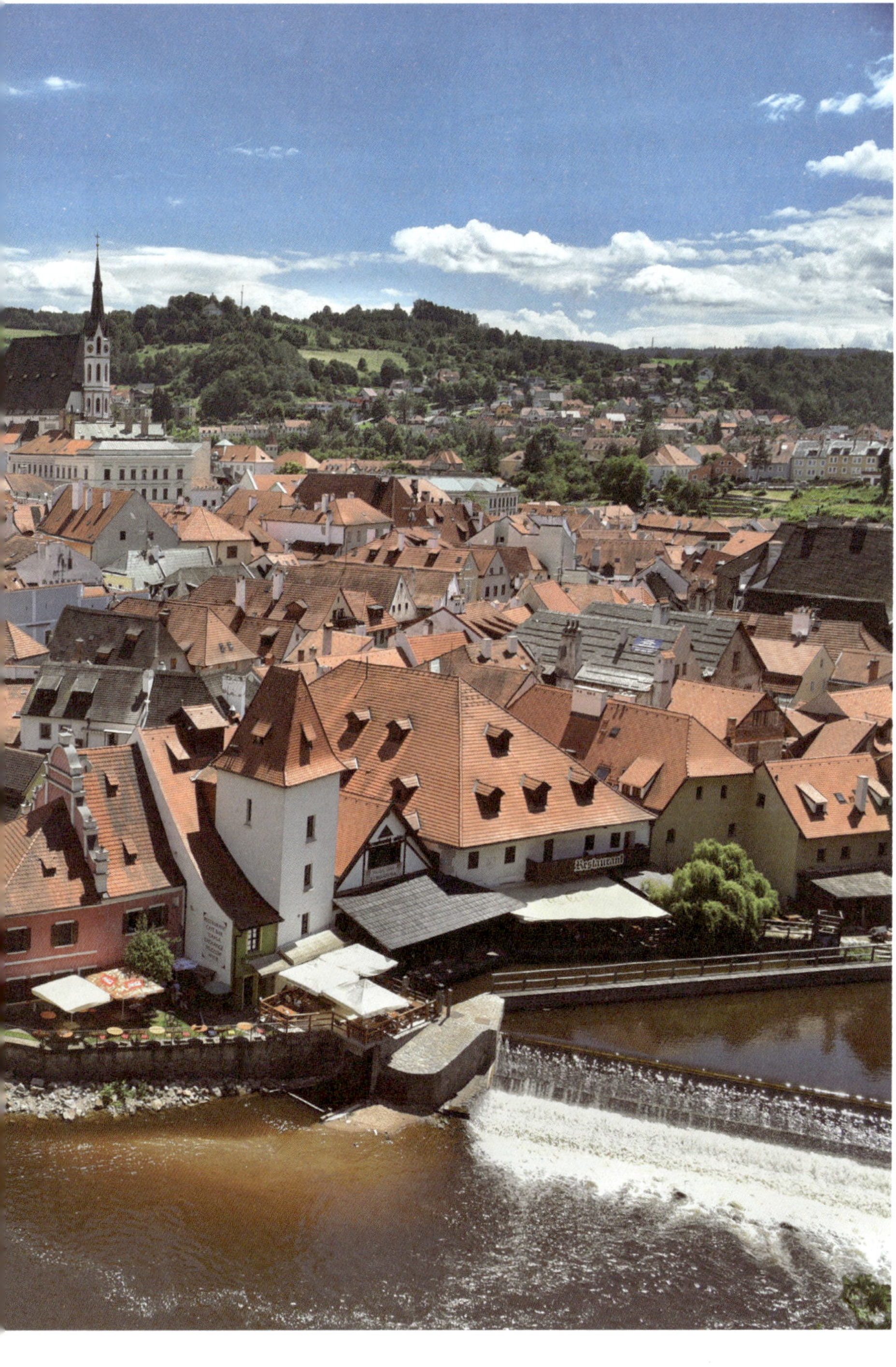
Restaurant

在我喜爱的城市名单上绝对可以占有一席之地。这里兼具了巴黎的浪漫、里约的包容、阿姆斯特丹的开放，以及纽约的多元，而捷克人民的热情又恰到好处。走过那么多地方之后，这里好像还是唯一一个让我想在以后带着爱人一起生活下来的城市。

除了布拉格，捷克还有克鲁姆洛夫小镇。这个建造于 14 世纪到 17 世纪之间，目前仍旧保留了很多中世纪建筑的小镇，已经成为欧洲中世纪古城的代表。由于克鲁姆洛夫这个名字在捷克文中写作 Cesky Krumlov，所以人们也亲切地称它为"CK 小镇"。

但凡是去过这里的人都会惊叹于它童话般的美，因为 CK

∧ 安静与简单才是生活最好的模样

小镇上的建筑都是哥特式风格、文艺复兴风格以及巴洛克风格，所以身处其中，你会有一种脱离现实世界的错觉。在这里，你仿佛穿越回了欧洲的过去，去感受那时人们的生活和故事。再加上小镇被伏尔塔瓦河包围，形成一个马蹄的形状，这又为小镇增色不少。

"再来一杯！"我对酒坊的服务员说。

话刚说出口我就意识到我竟然说了一句英文，我轻轻抬起略带醉意的双眼，四下一望，周围大家都在用德语交谈。是啊，此刻，我在德国。我又喝了一口啤酒，依旧是苦涩的味道。

自从我辞职旅行之后，总有人会问我旅行带给我的最大收获是什么。每当这个时候，我都特别想反问对方，工作的这些年，你最大的收获是什么。漫漫人生路，知识、经验、财富的积累固然是一种收获，但于我而言，眼界的开阔、认知的跃迁以及阅历的丰富才是最关键的，也是我认为最宝贵的。生命的色彩本就应该是五彩缤纷的，每个人都会有自己的喜好与选择，又何必奢望所有人都为我喝彩呢？

人可以一时迷茫，但不能一直迷茫下去，我知道到了该收拾心情的时候了。

依稀记得年初时，我暂时结束了将近一年的环游旅行，准备回国，当时我的内心充满了不甘，因为我觉得自己还有好多地方没有去过，好多美景没有看到，好多精彩没有遇见。而此刻，在我又一次准备回国之时，内心不再有任何不甘，因为我

知道自己不能再这样消沉下去，还有很多事情等着我去做。

环游世界的梦想于我来说已经是一次圆满，这样的人生，我已知足。未来的人生路，我应该更加勇敢，我要追随的是自己的内心，而不是别人的目光。就像当初我辞职环游世界一样，不也曾遭到很多人的质疑吗？那时的我尚且能坚持自己的想法，现在又怎么不行？

接下来，我要去实现自己的创业梦想。我想我应该庆幸，因为我所选择的事业正是我所热爱的。至于我的初心，我知道并没有丢，因为当初我选择旅行，是为了用尽一生去体验世界之大，是为了让自己的生命更加精彩，是为了自己在年老时不留遗憾，如今我心依旧，又何惧人言？！

∧ 布拉格街头小憩

新的风光，新的视野

从欧洲回国后，我开始规划接下来要做的事。

在发来的众多合作邀请中，我首先选择了一个贵州的项目，原因很主观，因为他们规划的是黔南之行，而贵州正是我的家乡。对于国内的风景，我从来都没有忽视过，然而对于自己的家乡，也许因为对它太过熟悉，所以只有在远走他乡之后我才逐渐开始感受到它的美好。就这样，我在国内的旅行因为工作的机会而提前排上了日程，我跟着同程旅游组织的超级旅行团，一行人驾驶着房车走进了这个让我魂牵梦萦的地方。

贵州是一个风光秀丽、旅游资源十分丰富的省份，这里有因独特的地质环境造就而成的喀斯特地貌，比如织金洞、龙宫，以及各种峡谷；也有多样化的少数民族风情，比如江西苗寨、肇兴侗寨等；贵州的水资源也很丰富，又造就了这里绝美的水系风

∧ 大山深处的贵州
侗寨村落

∨ 充满童真的贵州
苗族少年

一念起，万水千山

光，比如黄果树瀑布、荔波小七孔、赤水景区等；而梵净山也因其优质的自然环境成为云贵高原上一颗明珠。这次在我们的行程中就包含了织金洞、肇兴侗寨、茂兰和青岩古镇等著名景点。

作为一个贵州人，看到家乡有这么丰富的旅游资源，我的内心是自豪的。过去，由于这里地无三里平，到处都是绵延起伏的高山，再加上交通不便，贵州的美景并没有引起太多人的关注。可能在大多数人的印象中，贵州是一个经济欠发达的省份，但是，这并不是贵州的全部，它和所有地方一样，是复杂而多面的，也有着它独特的风采。

记得在我考上大学之后，我离开贵州去一线城市读书，刚到学校就有同学问我是怎么来的，我说："坐飞机啊！"对方听后脸上流露出惊讶的神情，随后感叹道："原来贵州也有飞机啊！"后来，每到开学季，网上就会出现一些诸如"我来自贵州，坐了三天三夜的马车到了县里，再从县里坐了两天的汽车到城市，最后搭乘30多个小时的火车才能来到学校"这样的段子。或许正是因为这些段子，人们对于贵州产生了一些误解。

段子虽然不必当真，但说得多了，终究会影响一些人的判断。人们接收到的信息是极为有限的，久而久之就造成了偏见和误解。作为一个旅行类的自媒体人，无论是对于贵州，还是我所去过的其他任何一个地方，我都有责任将自己亲眼所见的真实展现出来，因为只要多一个人看到、读到，都会让这个世界变得更加美好。

慢慢地，我发现这些商业合作的项目其实也拓宽了我的视角，因为它们可以为我提供很多仅凭个人能力无法撬动的机会，让我去发掘更多的真实。

旅行真的很奇妙,一开始我以为去的地方多了,自己知道的东西也会越来越多;然而,随着时间的推移,我却发现其实去的地方越多,越发觉得自己知道的东西其实很少。

结束了贵州之行,我去了留尼汪,这是一个若不是因为工作邀请,我可能根本不会注意到的地方。在所有人的目光都停留在马尔代夫、大溪地、巴厘岛、普吉岛或苏梅岛的时候,我发现了它。留尼汪是印度洋西部马斯克林群岛中的一座火山岛,是法国的海外省之一,因此,那些具有法式风情的视觉元素在岛上随处可见。

不过,岛上最负盛名的是一座随时可能喷发的活火山——富尔奈斯火山,也被称为"熔炉峰",它为这座海岛提供了丰富的旅游资源。由于火山喷发时熔岩的流淌灼烧,山坡上形成了熔岩洞,洞内全是岩浆流淌而过的痕迹,吸引了很多人来到洞内探险,感受火山爆发时的无穷威力。这些熔岩洞是留尼汪最为特别的符号,也是在其他热带海岛见不到的自然奇观。

离开留尼汪之后,我紧接着又收到了去挪威和瑞典寻找极光的邀请。

除了北纬30°的环球旅行之外,全世界最让我神往的地区大概就是北欧了,因为那里有迷人的自然风光和神奇魔幻的极光,所以我也非常期待这次以"寻找极光——欧若拉"为主题的北欧之行。

抵达挪威的时候,我不由自主地又想起了曾经的南极之行。

∧ 留尼汪美丽的海岸线

∨ 可以徒步的富尔奈斯火山

虽然它们一南一北是两个不一样的冰雪世界，却有着同样的放逐感。

去的地方多了，我会很明显地感觉到不同的国家也会有不同的性格。挪威就如同它的历史一样，像一个执着的捕猎者，严肃、宁静，又不失一些幽默感。与之形成鲜明对比的是巴西的热情、张扬和奔放。世界就是这么丰富多彩，我也越发确定，旅行对于一个人眼界的提升有着不可估量的作用。

到挪威以后的第一餐，我买了一个汉堡套餐，仅仅一袋薯条、一个汉堡，再配上一瓶可乐，就差不多花掉了200元人民币。我早就听说北欧的物价很高，这一餐让我有了切身的体会。

在挪威的第一夜，我们没有等来极光；第二夜，极光也没有出现。有些东西的珍贵之处也许就体现在了等待它的过程中。终于在第三个晚上，在混沌一片的白色世界的尽头，极光出现了！那神秘的绿光，穿过云层，将整个天空点亮，周围的一切也被染上了全新的颜色。极光的光芒，每分每秒都在变幻着，忽然，它幻化成了一个圆圈，然后在圆圈的中心又散射出笔直的光，仿佛打开了天国之门一般。

以前，我并不知道为什么有那么多人要在冰天雪地里追逐极光，然而，今天当极光出现在我眼前时，我竟然感受到了前所未有的自由。那一刻，我的世界没有杂念，极光驱走了我心中所有的世俗纷争，让我忘记了一切困扰和恐惧。

通过一段时间的尝试，我对于这份工作的思路越来越清晰，心中想要去实践的东西也越来越多。回到北京以后，我给了自

> 第一次来到北欧的感受：物价很贵，天气很冷

己几天时间，将所有想法罗列出来，仔细地进行了一番梳理。我发现，在这些想法中，有一些事情已经超出了我个人的能力范围，比如，如果想要把传达的内容以更加专业和精美的方式呈现出来，就需要一个团队来协同制作，我想是时候成立一个自己的文化公司了。

站在一个初创小微公司的角度来考虑，深圳在政策上会比北京更有优势，而我其实早在去非洲旅行的时候，就有过想要搬去深圳生活的念头。所以这次我并没有太多犹豫就做了决定。

我很快收拾了行李，前往深圳，在朋友的帮助下，我在深圳为自己未来的工作和生活做着各种准备，将一切安排妥当后，我又返回北京正式搬家。

CHAPTER 7　当旅行成为职业

∧ 每个人心中都有一道属于自己的极光

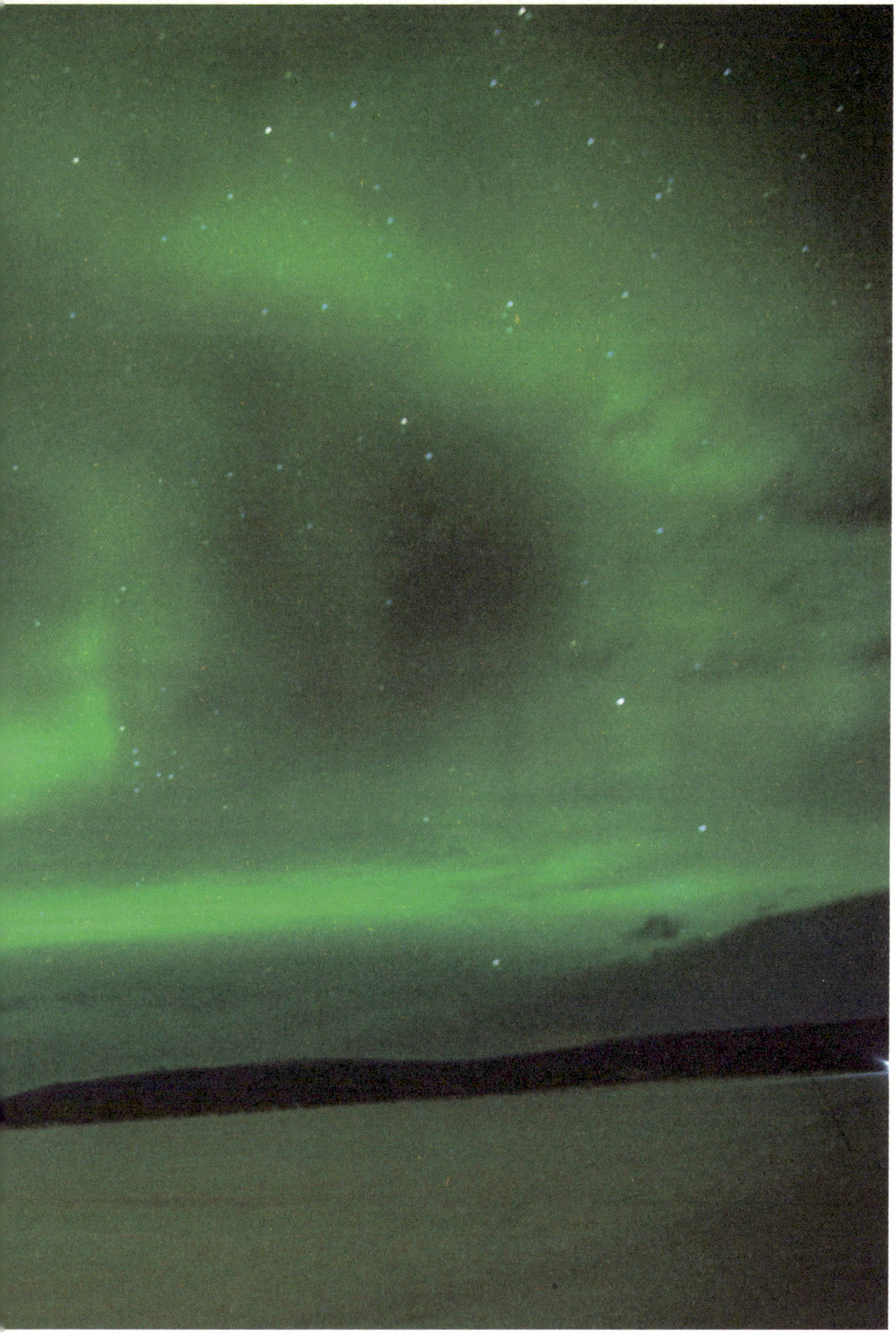

旅行为业，需敬业，更要专业

当初辞职的时候，我就将自己在北京租的房子退租了。之后每次旅行归来，我都是住在朋友家里，这对我来说是最便捷的方式，毕竟大多数时间我都在旅行的路上，在北京停留的时间并不多。

我买好机票，先去深圳为自己未来的工作和生活做了一些准备，在朋友的帮助下，我很快就找到了安身之处，然后我又返回北京，收拾行李，准备搬家。

我收拾好所有留在北京的物品，把它们统统打包寄往深圳。这次我要彻底离开北京了，我将在深圳开始全新的生活，同时也将开始全新的人生。

北京的冬季是我最喜欢的季节，尽管冬天大风刮起时，户外会非常寒冷，但只要太阳出来，阳光便会透过窗户洒在房间

> 下一辆车，会带我去哪儿？

CHAPTER 7 当旅行成为职业

里，带来淡淡的暖意。我在北京生活了六年，这里曾经是我想要扎根的地方。

现在，虽然内心有了更大的梦想，但真的到了要离开的时候，我的内心还是有一份不舍，因为这里毕竟是梦开始的地方。

自从决定搬家，我就一个决定跟着一个决定，生活处于暂时的忙乱之中，直到我坐上飞往深圳的飞机，才终于可以稍稍放松一下了。我喝了一口咖啡，双眼向机舱外望去，回想起前两天看到的一条网友留言，他说很羡慕我的随心所欲，辞职旅行在前，现在又可以以工作之名去往更多的地方。我苦笑一下，陷入沉思，任何事情在外人眼里，看到的都只是它光鲜的一面。

∧ 在北京完成商业拍摄

来到深圳以后，我的工作和生活变得比过去更加忙碌。我需要研究一些我过去从不了解的东西，比如视频制作，比如更专业的摄影知识。以前，我自己旅行时，只买了一部相机，旅行中还有不少照片是直接用手机拍摄的，所以看我早期的旅行记录，有些照片并不是非常精美。从南极回来后，甚至有朋友留言直接批评了我的拍照技术，说我没能拍出南极的绝美。对于这些批评，我当时并没有太在意，因为对我来说，最美的景色都留在了我的心里。

可是作为一名职业旅人，是断不能再以这样随意的态度进行图片和视频的制作了，所以我需要打造一个专业的团队，将最精美的内容呈现给关注我的人。我的相机在不断升级，只为能够拍摄出最佳的画面。除了摄影，我还必须学习视频拍摄和一些剪辑的技巧，因为这是目前更受欢迎的内容的呈现方式，因此可以说是自媒体人必须掌握的技能。

有一段日子，我没日没夜地看各种旅行纪录片和生活纪录片，希望可以学习到创作者对于拍摄主题的思考以及画面表达的技巧，同时，我还要分析这些内容为什么会受到欢迎，它的价值是什么，为观众提供了怎样的信息和体验。

在后面的旅行中，我开始尝试寻找不一样的拍摄主题，学习撰写拍摄脚本。每次出发之前，我都会先在网上搜索与目的地相关的文章和视频，先做功课，如果发现目的地的某一个方面已经被很多人呈现过了，那么我就会将关注点转向其他角度，寻找不一样的切入点。经过两年多的旅行，我深知每一个地方

在不同人眼中都会有不同的模样。对于普通游客而言，旅行时他们需要的只是一双发现美的眼睛；而对于职业旅人来说，你还需要能够找到适当的方式将这份美丽呈现出来。

对于人文景观，如果没有一定的地理历史知识，是很难挖掘出它深层的价值和含义的，而这些其实才是它们的灵魂。比如去看兵马俑，如果你不了解历史，看到的只是一个个陶俑，或许在参观时，你会感叹古人精湛的制陶技艺，可是你永远也不会了解兵马俑在中国上下五千年文明中的巨大价值。

我清楚地知道，作为一个旅行类的自媒体人，给人们提供有效、有趣且有价值的内容是我的责任，它可以是对一个旅行目的地的发掘，可以是一种别样的玩法，可以是一段生命故事

∧ 陆续开始和各类品牌进行内容合作

∧ 参加由陈坤发起的"行走的力量"活动

的记录，也可以是一些人生感悟。

随着时间的推移，前来寻求合作的项目越来越多，我也有了一套自己遵循的工作原则。

对于景区的邀请，我会先仔细地做好功课，谁是这个景区的目标人群，以及这里可以提供的服务、娱乐等软硬件情况。我力求将我所了解的情况客观、真实、全面地呈现在文章或视频中，让大家可以通过我的分享获取自己需要的信息。

对于一些酒店的合作邀请，我会坚持以一个普通客人的身份亲自入住体验。现在，人们对于酒店的需求越来越多元化，我需要做的，首先就是要有自己最直观的切身感受。然后再集合这家酒店的亮点，进行真实的呈现。有时候，我会收到朋友给我的留言，告诉我那些由我分享出来的内容正是他们在寻找的，我的分享帮他们节约了很多时间和精力。每当这个时候，我的内心都会非常开心。

至于产品合作的邀请，我的选择会更加严谨，亲自试用和体验产品是必须做的事情。如果遇到产品的使用体验和商家宣传的内容之间存在差距，我都会拒绝合作。

我们生活在一个科技日新月异的时代，人们的购物消费方式，以及获取资讯的方式都已经发生了很大变化。因此，无论是对于像我这样的内容输出者，还是对于消费者，互联网都提供了极大的便利。人们在网上获取他们想要的资讯和慰藉，所以，了解这个时代，了解关注我的人的内心和需求是我必须做的功课。

我始终相信内容才是最有价值的东西，而要制作出精品内容，真的不是一件容易的事，我会在一次次失败中吸取教训，也会在一次次成功中总结经验。当我提供的内容被大家认可时，我会特别开心，心底涌出的那份雀跃和满满的成就感，让我觉得不论过往遭受过多少挫折与误解，都是值得的。为了这份雀跃和成就感，我只能让自己不断进步，更加敬业，也更加专业。

> 成为自媒体后，很多事情都是第一次尝试，为人生增加了很多不一样的体验

CHAPTER 7　当旅行成为职业

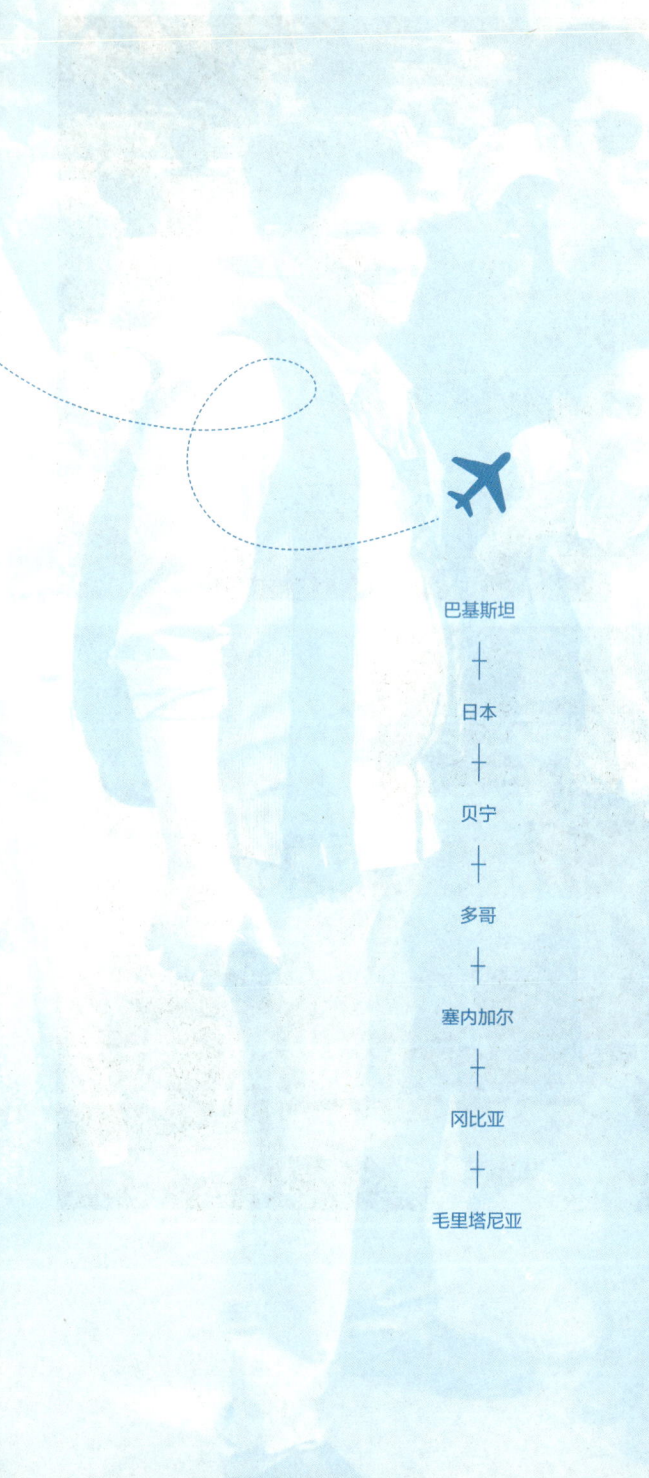

巴基斯坦
|
日本
|
贝宁
|
多哥
|
塞内加尔
|
冈比亚
|
毛里塔尼亚

CHAPTER

8

在远方
读懂幸福

2017
01 月

2018
12 月

幸福是初次见面的信任

尽管已经成为一个职业旅人,但在工作之余我还是会安排属于自己的旅行,这是我留给自己的空间。

2017年,我趁着国庆假期,背起背包,独自启程。这一次,我的目的地是期待已久的巴基斯坦。

出发之前,我仔细研究了相关的攻略,也咨询了曾经去过那里的朋友,最终选择了走喀喇昆仑公路这条路线。喀喇昆仑公路北起新疆喀什,穿越喀喇昆仑山脉、兴都库什山脉、帕米尔高原、喜马拉雅山脉西端,经过中巴边境口岸红其拉甫山口,到巴基斯坦北部城市塔科特。这条公路被称为世界上最高最美的公路,但也是"世界十大险峻公路"之一。帕米尔高原、克什米尔、丝绸之路、玄奘、喜马拉雅山脉、乔戈里峰、塔利班、风之谷、印度河……这些充满神秘色彩的标签都与这条公路相关，怎能不叫人神往？我暂停了一切工作，只想心无杂念地走近它。

当飞机在喀什降落的时候，思绪又把我带回到了五年前。那时候，因为工作需要，我有幸来过这里，当时的我还没有出过国门，这里对我来说是一个完全陌生的地方，甚至还觉得有一丝危险。说真的，那个时候因为不了解，所以内心还有些莫名的害怕。如今我再次来到这里，有些景物还依稀记得，但内心却不再有任何恐惧。

我一个人背着包走在街上，我知道，从这里开始，我又将迎来一次不一样的旅行，我又将重拾那在未知的世界里狂欢的自由。

因为要去塔什库尔干塔吉克自治县（下文简称塔县），所以到了喀什，我就直奔行政服务大厅办理边防证。办证的过程非常简单，只需到办事窗口提交身份证，等十来分钟，就可以拿到一张盖了章的边防通行证。

拿到边防证之后，我先打车去喀什市区买了点东西。喀什并不大，打车5元起步，10元以内应该就能到达市区任何一个地方。我在一家维吾尔族餐厅吃了碗大盘鸡拌面，然后前往塔县驻喀什办事处寻找前往塔县的车辆。刚下出租车，我就看到很多司机在塔县办事处门前招呼想要拼车的客人。

最终，我选择了其中一位维吾尔族大哥的车，谈好价格后，我们正式向塔县进发。我们的车很快驶上了那条神奇而又美丽的喀喇昆仑公路。一路上，司机都在播放维吾尔族的乐曲，我沉醉于这浓浓的异域风情中。音乐,公路,前行,这些都是我的最爱。

汽车行驶过一段乡村公路之后,眼前突然出现一大片光秃秃的石头山脉,这也是新疆留在我记忆中的模样,大片大片的荒芜却非常震撼。汽车沿着山脉继续向前,眼前的石头山也在不断地变换着色调,由土黄色逐渐过渡到了粉红色。我知道这就是著名的奥依塔克红山了。这座山的山体火红,像一匹巨幅的带着褶皱的红色绸缎挂在公路旁。经过这里的人无不感叹大自然才是最伟大的设计师。

出了喀什,穿过疏附县就到了盖孜边检站,在这里需要检查边防证。问过工作人员之后我才知道,如果护照上有巴基斯坦的签证,是可以不用办理边防证的。一瞬间我为自己没有做足功课而感到懊恼,不过转念一想,这也算是一个小小的经验,分享出去可以让更多的人了解。

过了边检站,我们便进入了克孜勒苏柯尔克孜自治州阿克陶县境内,没走多久就是美丽的克拉克湖了。一抹浅浅的青绿,被一圈淡淡的白沙山包围,远远望去很是梦幻。维吾尔族大哥告诉我,湖旁的白沙山其实是由沙漠的沙堆积而成。我走过那么多地方,黄色的沙漠常见,但眼前这白色的沙漠之前却从未见过。就在这清清淡淡的一道风景中,我们继续向前。

没走多远,我们又遇到了喀拉库勒湖,在柯尔克孜语中意为黑湖。这湖的湖水深30多米,湖的四周雪山环绕,湖水的颜

色深邃幽暗，在阳光照耀下高冷中透着艳丽。湖的周围有几位柯尔克孜族的牧民，在他们的身旁还有几头悠闲的牦牛在吃草，看着眼前这恬静的画面，我真有些舍不得离开了。

再往前走，就到了著名的"冰山之父"慕士塔格峰了。它地处塔里木盆地西部边缘，和它相伴的还有公格尔峰和公格尔九别峰，三座山峰鼎立在帕米尔高原上，雄伟壮丽。

接下来，我们就快进入塔县了。因为正值秋季，所以道路两旁的银杏树已是满树金黄，而这条银杏大道的路面也落满了银杏叶，浪漫至极。阳光从树叶间的空隙里洒下来，形成斑驳的光影，好一幅秋日美景。

∧ 来到巴基斯坦，正应了那句歌词：人们说得荒唐，却是我心中的天堂

终于，经过将近六个小时的车程，我们抵达了中国最西端

∧ 很多地方此生只此一次相遇，所以，请让我记住你最深邃的模样

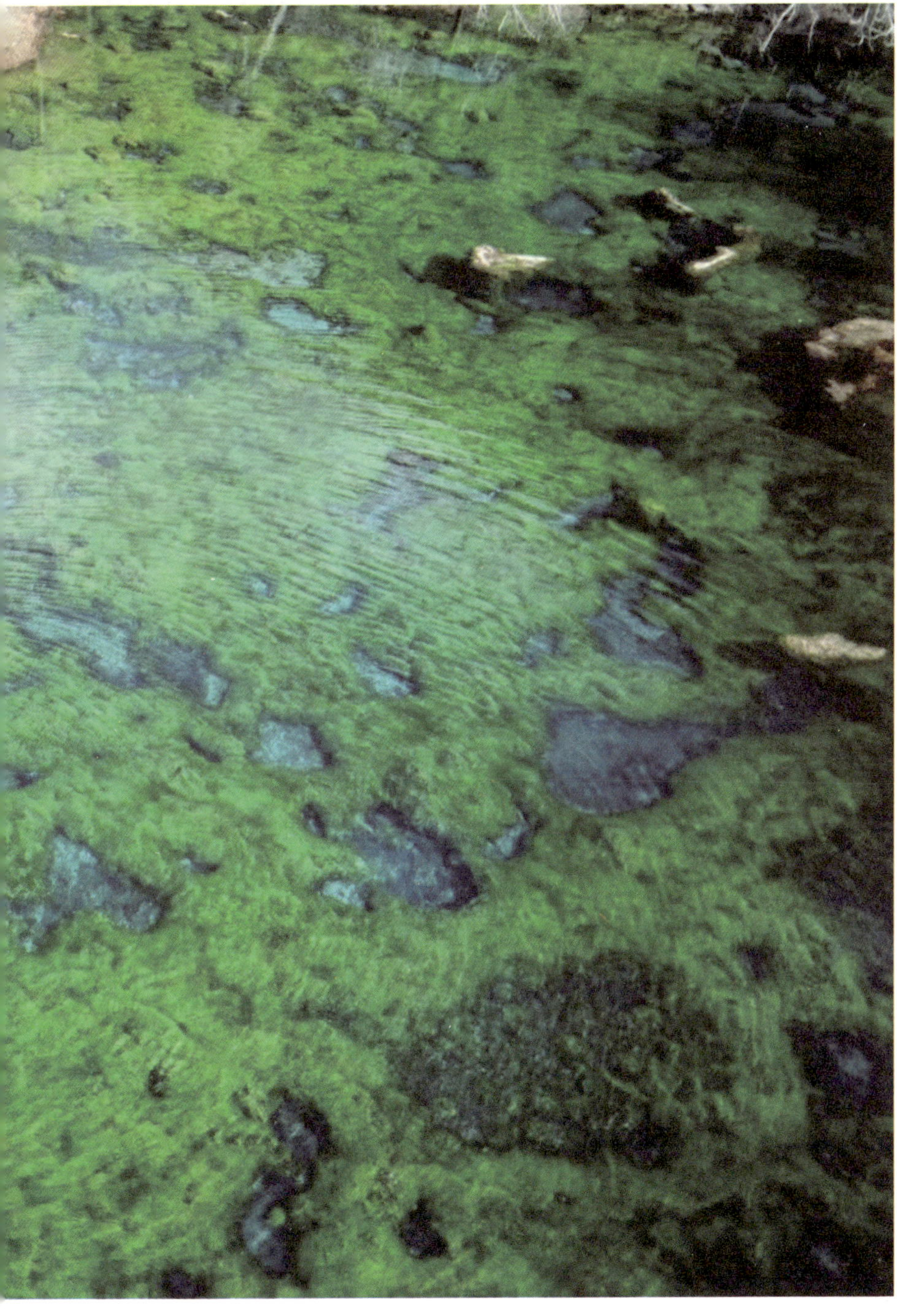

的县城塔县。在这里，我将从红其拉甫口岸出境，前往向往已久的巴基斯坦。

塔县总人口 4.1 万，这里是以塔吉克族为主的多民族聚居地。在这个边陲小镇，给人印象最深的便是宁静。这里没有人潮如海，没有浓重的商业气息，没有嘈杂吵闹，有的只是雪山环抱，旷野无垠。

由于有时差，塔县的工作时间大多从 10 点开始。因为前几天是国庆假期，海关放假，去往巴基斯坦的大巴也都停运了，所以我估计今天准备乘国际大巴出境的人会非常多。于是，我 9 点不到就到了汽车站排队，否则去晚了，很可能就买不到当天的车票了。

到了汽车站门口，我看到果然已经有人在大门口排队了。

渐渐地，排队的人越来越多，工作人员却来通知当天可能没有车辆可以来接驳。我旁边站着几位外国朋友，因为在中国的签证即将到期，所以他们更加着急。

从塔县的红其拉甫口岸到巴基斯坦的苏斯特口岸中间有一大段是缓冲无人区，所以不允许游客独自步行穿越，所有人想要出境都只能等待大巴。

几位外国朋友当中有一位是日本人，我们便随意地攀谈起来。他说他进入塔县后已经等待快一周了，一直没有等到国际大巴，中国政府的签证在昨天已经到期。我非常同情他的遭遇，由于等不到车竟然变成了非法滞留人员。

我原本的计划是等买好了车票再回青年旅社取行李的，但车站的情形让我决定还是先回旅社拿上行李再回来等车，这样一旦有车来就可以随时出发了。我以最快的速度往青年旅社跑去，要知道这里可是有 3000 多米海拔的高原，等跑到旅社时，我感觉整个人都要垮掉了。取了行李后，我又连走带跑地冲回了汽车站。

然而等我回到汽车站，我又有些傻眼，刚才排队的位置已经没有了，我只能到队尾重新排队。听前面的人说，马上会来一辆车，但是只能上九个人，我看看前面长长的队伍，心想上这辆车应是无望了。等了很久，却一直不见队伍前行，最后我们被告知连这辆车也来不了了。我叹了口气，心想："今天进入巴基斯坦的计划估计要泡汤了。"

我在塔县又待了两天，每天都会去车站打听一下车辆的情况，当我得知第三天还需要继续等待时，不由得苦笑了一下。脑海中想起那句"一切都是最好的安排"，现在我也只能这么安慰自己。第四天，我终于等来了接我们进入巴基斯坦的大巴，我不知道那些签证已经过期的人最后都怎么样了，因为我没有在车站再看到他们。

在大巴跨过国境线以后，我看见了巴基斯坦的士兵。不知道是因为高原反应，还是因为终于来到了此行的目的地，我的内心有些激动，脑袋竟然有些嗡嗡作响。

在巴基斯坦，我住进了一家旅舍，将一切安顿好以后，我开始规划行程。白沙瓦是一定要去的，伊斯兰堡也是，但在这之前，我决定先用一天时间徒步去巴基斯坦罕萨河谷的鹰巢观景点,在那里能够看到风之谷的全景。尽管路途有些遥远,而且需要爬很高的山,但我还是想去看看。

休息了一夜之后,第二天清晨我就心潮澎湃地朝着罕萨河谷进发了。走过大约三分之一的路程之后,我遇到了一位当地的阿姨。见她站在路边,我友好地朝她一笑,她却转头跑进了旁边的树林。我有点摸不着头脑,正好奇间,只见她跑到一棵树下,跳起来拉了一根树枝下来,紧接着一些果子就从树上噼噼啪啪地落在了地上。

阿姨弯腰将地上的果子捡起来,用自己的头巾包裹着,朝我小跑过来。她对我比画着,让我拿头巾里的果子,我定睛一看,那是一个个红彤彤的苹果。不会英语的阿姨指着远方继续比画着,大概是想告诉我去山顶的路还很远,爬山很累,要多喝水、多吃水果。

那一刻,我真的非常感动,望着额头满是汗水的她,我拿了一个苹果,连声道谢。可阿姨仍然不让我走,她拉着我的包非要把那一兜苹果都放进去,我连忙推辞,吃一个苹果我已经很过意不去,怎么好意思把苹果全带走呢。

阿姨友善地笑着,脸上露出一丝腼腆,我想邀请她一起合影,她赶忙拿起刚才包苹果的头巾把头又重新包了起来,再怎么说,这里还是一个伊斯兰国家。合影后,我与阿姨道别,继续赶路。

一个小时之后,我终于来到了鹰巢观景点,站在观景台上向山下望去,罕萨河谷的美景尽收眼底,远处的群山被绿色植

> 时光荏苒，想要去看世界的梦想从未改变

物覆盖着，近处那一棵棵金黄色的银杏树高耸在山谷之间。河谷的最低处一些小屋依稀可见，一条丝带般的蓝绿色河流沿着河谷蜿蜒流淌，偶尔在湍急之处能看到溅出的白色水花，如同丝带上开出的白色花朵。

我用心记下了这里的美景，其实不止这里，所有跋山涉水见到的风景都值得被铭记。"风雨之后见彩虹"对我来说绝对不只是一句歌词，它也是我一路走来被无数次亲身经历验证过的一句话，这句话就像竖立在我心中的一座灯塔，时刻激励着我。

离开罕萨河谷，我启程前往白沙瓦。

这些年，由于战乱频仍，白沙瓦在人们的印象中几乎和世界上最危险的城市画上了等号。20世纪70年代苏联入侵阿富汗时，白沙瓦成为提供武器装备的军火市场；近年来，因为巴基斯坦塔利班武装组织的发展，白沙瓦经常发生各种恐怖袭击；而美国攻打阿富汗时，白沙瓦又成为美军的后方大本营。

在战争阴云的笼罩下，很少有人还能记起白沙瓦的过去。

这里曾经是中亚、南亚与中东之间重要的贸易中心，是古丝绸之路上的贸易重镇。唐代高僧玄奘称这里是"花果繁茂"的天府之国，到了莫卧儿王朝统治时，白沙瓦的经济和文化得到了更大的发展。

我怀着复杂的心情走进白沙瓦，感受到的却是深藏其中的那份温情。当我走在大街上，有冲我挥手问好的胡子大叔，有耐心又热情的警察大哥，有一路跟着我追跑玩耍的孩子……没想到在这座已经满目疮痍的城市里，居然生活着如此温暖与快乐的人们。

这个世界就是这样，只有你亲自去过，才知道那里是不是你心中的模样。

我听说在白沙瓦有一位老人，有着几十年的冶金手艺，于是我充满好奇地来到了他的冶金工作室。看见他时，他正在打盹儿，我不忍打扰他休息，就在一旁等了一会儿。他醒来后看见我，先是有些惊讶，随后立刻热情地招呼我，拉我坐在了火炉旁。当他得知我前来的目的，不禁开心地笑了起来，脸上的皱纹也随之浮现。他站起身，走到他的工作台前，开始向我展示真正的技术。他认真地操作着工具，动作熟练，我在旁边静静地观看，时间在那一刻停了下来。我忽然有些感动，在这个

> 巴基斯坦白沙瓦的冶金老人

饱受战乱之苦的城市里,老人的一生不知道经历过怎样的风雨,而现在,他依旧守护着他的手艺,气定神闲。

就在我认真观看的时候,没想到我自己也成了被观察的对象。当我抬起头看向周围时,发现自己也被当地人围住了。这些人在我看完老人冶金制作的过程后,拥上来拉住我,邀请我跟他们一起回家吃晚饭。我无法拒绝他们的热情,只好跟着他们回家。进门以后,有人招呼我坐在地上,然后拿出食物招待我。他们中只有一人会一些英语,但神奇的是我和他们沟通起来毫无障碍。我也不知道为什么,虽然我们语言不通,但能够理解彼此的意思。这是我在巴基斯坦最快乐、最放松的时光。在交流中,我能够感受到巴基斯坦人民对于中国的好感,或许

∧ 老人的一生经历过很多风雨,现在,他依旧守护着他的冶金手艺

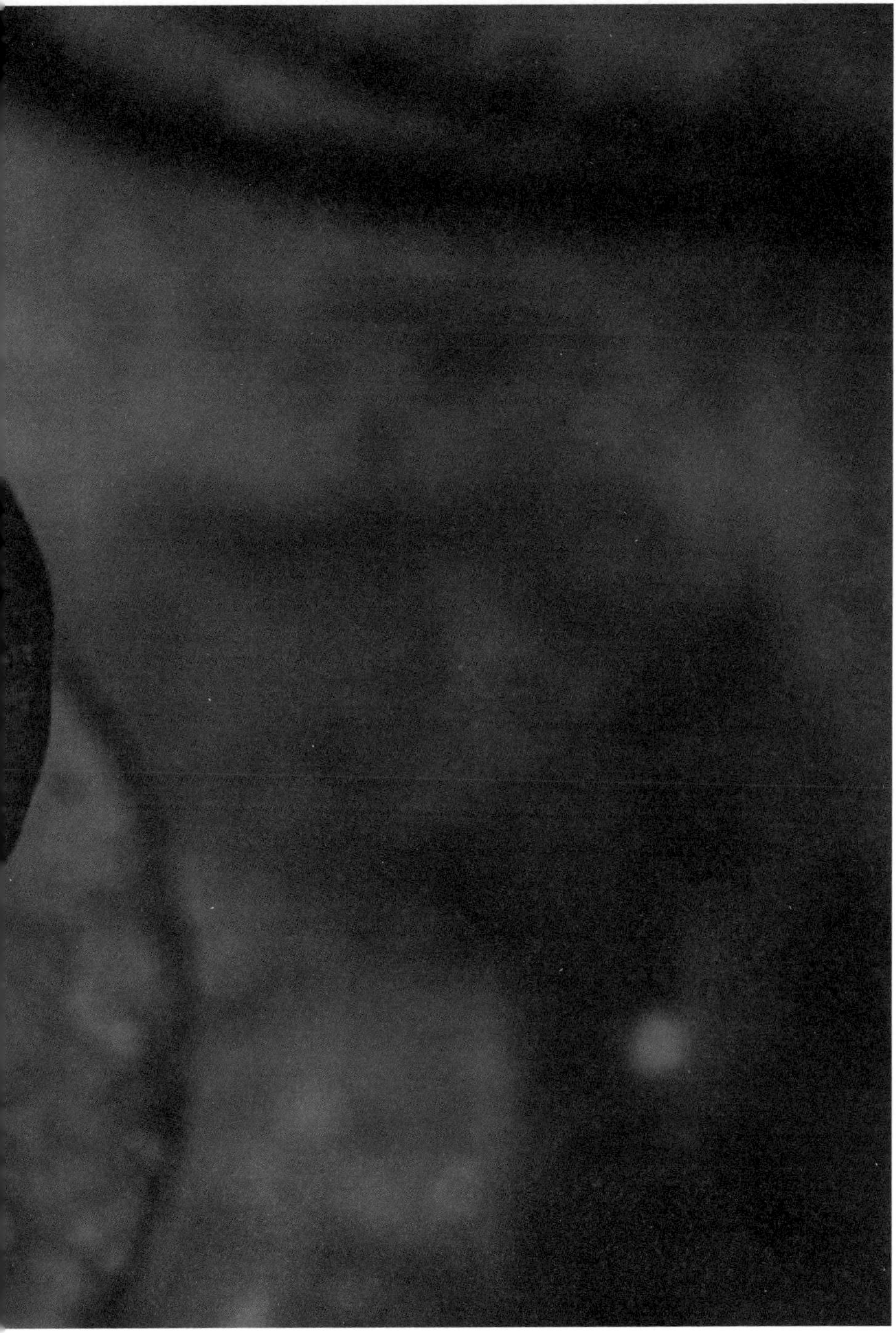

这才是他们对我如此热情的真正原因。美好的时光总是过得飞快，到了不得不离开的时候，我特别不舍，因为我知道和这些热情的陌生朋友告别后，就不知道何时还能再相见了。

　　不论我多么喜欢白沙瓦，我终究是要离开的。那天傍晚，夕阳西下，和平鸽在空中飞翔，清真寺里的祈祷声响彻这座古老的城市，我看见士兵将枪支放在一旁，面朝远方跪地祈祷。我知道，那祈祷中有对和平的向往。那一刻，我眼前竟出现了幻象，我看到了枪膛上开出的鲜花。

　　离开白沙瓦后，我来到了伊斯兰堡。

　　伊斯兰堡是巴基斯坦的首都，这里的气氛明显比白沙瓦要轻松一些，在这里，我要去拜访一家著名的网红烤肉店

∧ 对于行走多年的我来说，巴基斯坦仍旧充满着各种魅力

∧ 在白沙瓦，当地人热情地款待了我

Shinwari Restaurant。Shinwari 是阿富汗与巴基斯坦边境的一个部落，部落中的人烤制羊肉的时候只放盐巴，不加其他任何调料，这样的烹饪方式对羊肉本身的品质的要求非常高，而这个部落中的烤肉师傅各个都是绝顶的烤肉高手。

我到店里坐下后，又等了一段时间，烤肉终于上桌了。我拿起一串羊肉迫不及待地咬了一口，瞬间肉香便在口腔中弥漫开来，瘦肉吃起来细腻软嫩，肥肉香而不腻，那感觉真是太美妙了。这是我在巴基斯坦吃到的最美味的一餐，我吃得酣畅淋漓，完全陶醉在美味之中。我想可能我这辈子再也吃不到这么好吃的烤肉了，因为巴基斯坦如此遥远，下次再来不知道要等到什么时候，想到此处，我不禁有些失落。

∧ 伊斯兰堡烤肉店的老板

∨ 离开时,我承诺会再回来,愿那时,你依旧山花烂漫、美好如初

一念起,万水千山

吃饱喝足之后,我意犹未尽,站起来不舍地前去结账。可是不知道为什么店老板就是不肯收我的钱,任凭我如何央求,如何解释,他就只是酷酷地摆摆手。

天底下绝对没有吃饭不给钱的道理,尽管我一再被老板拒绝,但我还想再试一试,这次老板依旧坚定,对我说:"你是中国人,也是我的客人。"

我呆呆地站在原地,不知如何是好。

老板一边熟练地翻烤着手里的羊肉,一边笑着问我:"还想再吃一些吗?"

"不不不,"我连忙摆手,"谢谢你!"我只能这么说。

最终我还是把饭钱强行留在了店里,然后转身离开。站在伊斯兰堡的街头,我没有一丝陌生的感觉。都说"中巴关系没有最好,只有更好",这一次巴基斯坦之行,我真的感受到了两国人民深厚的友谊。当我走在巴基斯坦的街道上,小朋友会冲我大笑,那银铃般的笑声,久久回荡在耳畔;当我路过警亭,端着枪的警察会主动和我打招呼,那份热情,消除了异乡人的陌生感;当我路过街角的餐厅,店伙计会叫住我,拿一些店里的牛肉饼给我品尝;在一家水果铺子里,我买下一颗小石榴,没想到付过钱之后,老板又把我手中的石榴拿回去换了一颗超大的给我……在巴基斯坦,我所遇到的这些热心人不是因为我运气好,而是因为这里本来就是一个充满温情的国度。

我的巴基斯坦之行是一次幸福之旅,巴基斯坦教会我的,是人与人初次见面时的彼此信任。

幸福是找到适合的情绪出口

日本是我们的邻居，但对于这个近邻，我们的感情却非常复杂。这种纠结的情感也多多少少对我有些影响。

我先后去过两次日本，第一次是独自前往，第二次是与朋友一起自驾。两次旅行的感受就像是一出剧目的上下半场，第一次去日本时留给我的疑问，我竟在第二次旅行中找到了答案。

第一次去日本时，我的目的地是东京。这是一个非常现代化的国际大都市，生活极为便利。但同时也因为这里快节奏的生活，使得我在东京街头看到的人全都面无表情，不苟言笑。长期在外旅行，对于在陌生的城市向人问路这种事情我早就习以为常，但在东京，我却有一种宁可多走一些弯路也不想去问路的胆怯，因为看着路上行色匆匆的东京人，我内心隐隐有一

∧ 日本东京

∨ 每天晚上都能看到很多穿着正装的日本人穿梭在街头

种莫名的距离感。

为了能更多地了解东京人的生活，我想到了地铁，因为人们在地铁中的状态是一个城市最日常也最真实的呈现。

于是，我找了一天，起了个大早，去东京的地铁完成我对这个城市的近距离观察。才走到地铁口，我就看到了潮水般涌入的人流。清晨 6 点的东京地铁与北京地铁相比，拥挤程度有过之而无不及。

站在地铁车厢内，我环顾四周，发觉周围很多人都面带疲倦，有的人在车厢内闭目养神，我没办法继续跟随他们进入写字楼了解他们工作时的状态，这一点有些遗憾。

美国人类学家鲁思·本尼迪克特在《菊与刀》中做过这样的描述："每个日本人最初在家庭中学习等级制的习惯，然后再将其所学到的这种习惯运用到经济生活以及政治等广泛领域。他懂得一个人要向'适得其所'的人表示一切敬意，不管他们在这个集团中是否真正具有支配力。"

日本人骨子里带有这样的"各得其所"和"各安其分"，也许这就是我在东京感受到的那种压抑感的文化因素。

鲁思·本尼迪克特说："日本人坚信约束是最好的精神训练，能够产生靠自由所不能达到的效果。"也许日本在 19 世纪 60 年代就跻身世界强国之列，正是受益于这种自我约束的国家性格。站在东京街头，我能感受到这种约束的力量已经深入日本国民的骨髓，并蔓延至他们日常生活的方方面面，这种约束甚至还影响了我——一名游客的行为。

我不想去评论这种自我约束，毕竟日本人世世代代都得益于此，不论社会如何变迁，日本文化里这份谨小慎微从没有改变过。

日本人说话声音非常小，即使在公共场合也是如此，因此给人以特别拘谨的印象。之前在斯里兰卡时，当地人总能一眼就看出我是中国人，我很好奇他们为什么不会把我错认为日本人，他们告诉我："中国人的行为举止很自然，就算不说话，肢体语言也是自然大方的；而日本人总是过于彬彬有礼，神情中都能带出他们特有的紧张感。"

旅行让人增长见识与阅历，这便是一个体现。如果你想了解某个地方，那就必须亲自前往，只有深入其中地观察和体验，才能客观地看待彼此间的差异，才能彼此理解、尊重与接纳。

第一次日本之行，我不禁产生了一个疑问，这种严格的自我约束一定需要一个情绪的出口，但日本人会选择怎样的方式呢？

我的第二次日本之行是和几位朋友一起，我们不仅选择了自驾游的方式，而且这一次我们干脆就住在了当地人的家中，因此，我终于有机会可以走进日本普通民众的生活去观察和感受他们的世界了。

由于是自驾旅行，行程安排就比较自由，我们从大阪出发，途经奈良、名古屋、京都，最后又回到大阪。日本的公路建设已经非常完善，所以我们这一路几乎全程都在高速公路

上飞驰。

在这次旅行中，给我印象最深的便是那位名古屋的房东阿叔，正是由于他的指点，我才消除了心中的疑惑。

从奈良去名古屋的时候，因为天气不好，我们没能按预定时间到达。傍晚时分，阿叔给我们发信息，叮嘱我们路上一定要注意安全，不要着急。当晚，我们到达阿叔家的时候，天色已黑，阿叔站在门口迎接我们。

说不感动，那是假的。

日本人通常不会表现得极为热情，但是他们的关怀是非常细腻的，如果说南美洲人民的热情是张开双臂的热烈拥抱，那日本人的热情就是温泉般的涓涓细流。

∧ 名古屋的房东给我推荐游览路线

∧ 日式风格的房间

阿叔 50 多岁，微笑着把我们领进屋，先给我们送上了一瓶他自己酿制的梅子酒。对于我们这些远道而来的客人来说，这是阿叔用心准备的礼物。阿叔的房子虽然从外面看已经有些年代感了，但每一个房间都被收拾得整齐干净，房间里的木帘、茶具、拉门、挂画和摆设都充满了浓浓的日式风情，每一处小细节都透露出素雅与温馨。屋子的后面还有一个庭院，布局讲究，甚是精致。

阿叔先带着我们在他的房子里转了一圈，边走边介绍着房间里的各种设施。阿叔还准备了一个翻译器，方便和我们进行交流。

因为时间不早了，所以我们当晚就先各自回房休息。第二天，阿叔为我们介绍了名古屋。阿叔从小就在这座小城生活，说起名古屋这里，他的言语中自然流露出无尽的感情。我们向他询问名古屋哪里最值得一去，他慈祥地笑着，告诉我们一定要去大须观音寺看一看。那里不仅是一座寺庙，也是年轻人常去购物的地方，以时尚清新的店铺居多。至于晚上的安排，阿叔告诉我们，名古屋的年轻人晚上喜欢去酒吧，而年龄稍长一些的中年人更喜欢去居酒屋。阿叔说："在居酒屋里，所有的忧愁都可以被一饮而尽！"

按照阿叔推荐的路线，我们先来到了大须观音寺。原来在周末的时候，这里是一个市集，来这里摆摊的店家很多，游客更多。每一个摊位的老板都似一位收藏家一般，有着自己独特的品位。我仔细端详着市场上这些带着浓郁的日本风的物件，它们中有些应该是来自久远的过去，偶尔我也会和老板聊上几句，他们会讲述一些关于这些物件的故事，虽然不知真假，但每一个故事都很有趣。我记得以前在一些书上读到过，日本有很多古老的茶具，做工都非常精良，而且材质极为难得，为主人所珍藏，但随着时间的流逝，有些茶具就流落到了旧货市场上被识货之人选走，这种相遇或许就是对日本茶道中所说的"一期一会"的最好诠释吧。

我们边走边欣赏，不知不觉竟然在这里逛了一天。夜幕降临后，我又按照阿叔的推荐，先去了当地一家非常有名的酒吧。

灯光掩映之下，酒吧与外面的街道虽然只有一墙之隔，但

∧ 日本名古屋的周末集市

我却仿佛走进了另一个世界。酒吧里灯红酒绿、人声鼎沸，欢快的乐曲充满了动感，人们和着乐曲的节奏轻摇曼舞。在霓虹闪烁间，我看到了人们的面容，平时日本人所特有的拘谨荡然无存。情绪终究是需要释放的，日本人也一样，只是他们会选择一个适合的地方，去展现自己另一面的模样。在这里，身体放松了，心也放松了，人们卸下了白天包裹着自己的束缚，开始随意交谈，就连笑声都变得轻松自然了。紧张了一天的年轻人在这里不仅找到了宣泄情绪的出口，也找到了久违的轻松和自由。

离开酒吧之后，我又去了当地的一个居酒屋，去体验最具日本特色的夜晚生活。

∧ 旅行中逛逛当地市场能更加了解当地人的生活面貌

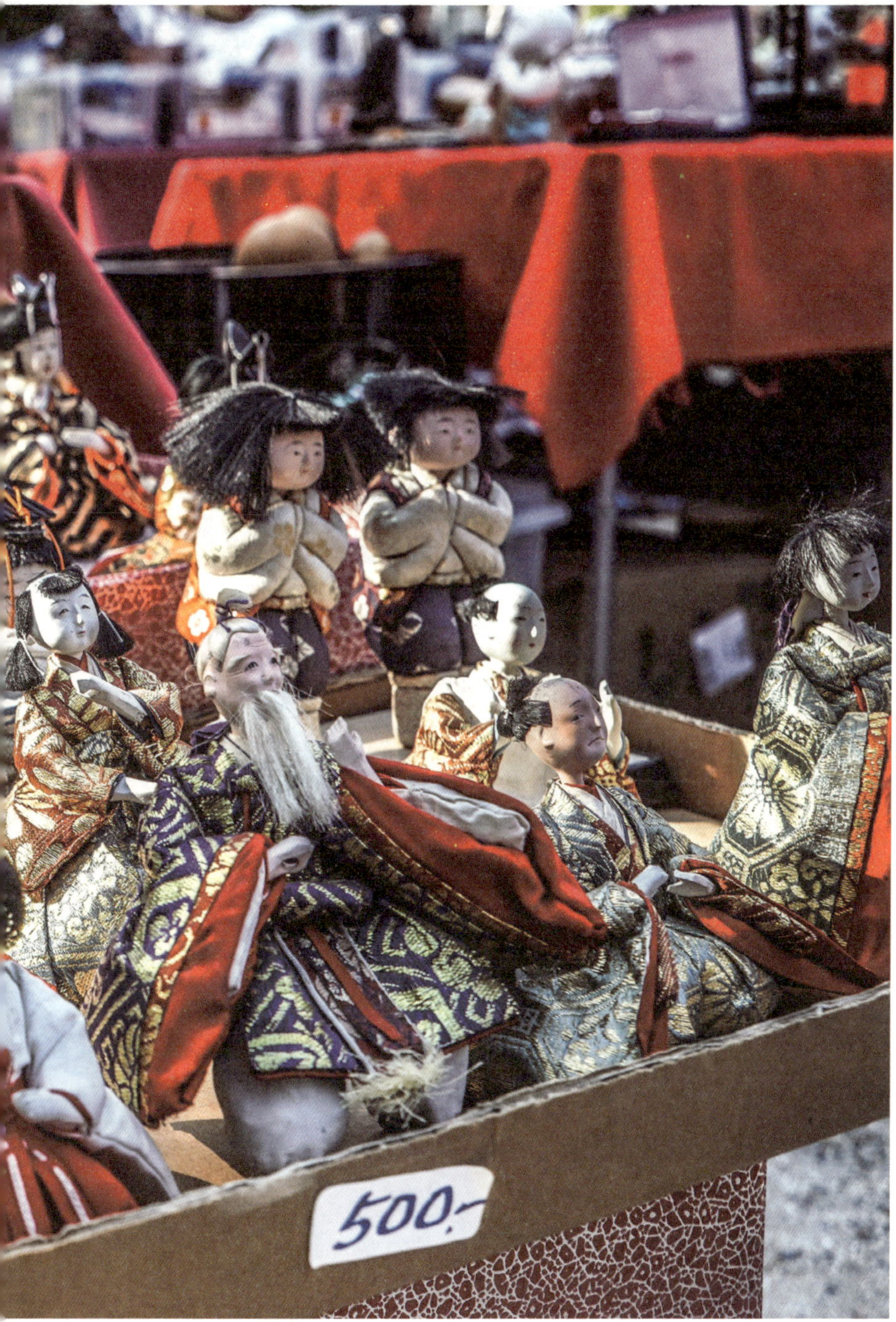
500.-

居酒屋是日本独有的文化现象。追寻居酒屋的历史，可以回溯到江户时代，那时酒铺的经营者为了使客人在买酒之后能立即饮用，于是就开始在酒铺内提供一些简单的菜肴。本质上是为卖酒而发展起来的料理店，如今成为日本的一种文化符号。

在一家名为"大黑"的居酒屋里，中间摆放着一张非常小的吧台，这张吧台既是厨师和服务员的工作台，也是顾客就餐的餐桌，大家围坐在一起吃着、喝着、聊着。我一进门，就看到有人冲我微笑着打招呼，我找到一个位置坐下，点了几份烤串，还有当地的酒，听着周围的人用日语聊着天。我突然觉得之前在日本感受到的距离感消失了，我又找回了那份久违的轻

∧ 选择酒吧还是居酒屋，这是个问题

松和自在，没有压抑，没有寂寥，也没有孤独，在这个小小的居酒屋里，不知道发生过多少类似《深夜食堂》里的温暖故事。

我品尝着烤串，肉质鲜嫩，也很入味，烤得恰到好处，再配上一杯当地的清酒，酒香与肉香搭配得相得益彰。席间有一位日本大哥主动走过来和我聊天，日本大哥说他刚刚结束了一天的工作，回家前先来居酒屋里坐一坐，让自己放松一下。

"你们会经常来居酒屋吗？"我问。

"没错，一周来四五次吧，也看情况，但是只要来到这里就会很放松。"

"在其他城市，人们也会这样吗？"

∧ 居酒屋成为日本夜文化的一个代表

"都一样啊，不管是哪里的居酒屋，都是一样的。"说着，日本大哥举起杯子与我碰了一下。

　　随着酒精入胃，我的整个身体都暖了起来。看来，居酒屋真的是日本人夜晚都爱去的地方，如果说酒吧能够放飞自我，那么居酒屋则是回归真我的处所，所以房东阿叔才会说出那一句"所有的忧愁在居酒屋里都能被一饮而尽"吧。

　　"你还去了日本的哪些地方？"日本大哥继续和我聊着。

　　"大阪、奈良，第一次来日本的时候，我还去过东京。"

　　日本大哥点点头，"这样啊，大阪的大阪烧很出名。"

　　听他说起大阪烧，我也笑了起来。在大阪的时候，我还特意去过一家大阪烧的店铺，叫 Okonomiyaki Chitose。店铺的装修是典型的日式风格，店铺的老板很热情。现在想来，那家大阪烧的店铺布局和这家居酒屋还有相似之处，客人们也都围坐在一起，一边观赏厨师的厨艺一边品尝店里的美味菜肴。那些食材混合着酱料在铁板上发出的嗞嗞声我到现在还记忆犹新。

　　一聊起美食，我和日本大哥的话题就更多了。"有时间你还可以去品尝一下我们名古屋的鳗鱼饭。"日本大哥接着说，"名古屋的鳗鱼饭有三种吃法，第一种就是吃鳗鱼饭的原汁原味，第二种还可以在鳗鱼饭中加入海苔、葱花和芥末，最后一种是把茶水倒入鳗鱼饭中拌好一起吃。"我听完不禁感叹，没想到一碗鳗鱼饭竟有这么多讲究。

　　这一晚，两个来自不同国家的陌生人就在名古屋的一间居酒屋里聊了差不多一个小时，这大概就是居酒屋的魔力，它可

∧ 名古屋的鳗鱼饭
非常有名

∨ 老字号出品的大
阪烧

249

以拉近彼此之间的距离，在美食与美酒中驱散所有的压抑与束缚。

最后，我和日本大哥一起走出了居酒屋，我们握手道别，走向不同的方向。也许因为喝了些酒，在夜晚的微风中，我的身体仍旧是暖暖的。月色明亮而温柔，我沿着街道走回了阿叔的家。

其实，谁能没有忧愁呢。幸福是什么？两次日本之行让我明白，不论现实生活有多少忧愁，只要能找到适合自己的情绪出口，就是一种幸福。

∧ 在居酒屋认识的日本大哥

幸福是沿着自己的轨迹慢慢成长

2018 年 11 月，我开始了计划已久的西非之旅。在以前的旅行中，我已经去过了南非、北非和东非，这一次我选择去西非，也是为了要完成对于整个非洲的探索。

西非包含十几个国家，我希望这一次可以把其中有代表性的国家都走一遍，于是，我细细地察看了地图，制定出一条最合理的旅行路线，然后，我在网上预订了机票，准备出发。

西非之行的第一站是贝宁，它位于西非中南部，南濒几内亚湾，海岸线长 125 千米。正因为这条长长的海岸线，贝宁有一段沉痛的历史。

1580 年，贝宁还是葡萄牙的殖民地，从那时开始，漂亮的海岸线就成为贩卖奴隶的海上通道，一批批奴隶通过这里被运送出去。1670 年，贝宁又被西班牙侵入，奴隶贸易更加猖獗。

所以，在贝宁这个国家的历史名城维达，有一个奴隶门，也叫不归门。

这个不归门曾经是运送非洲奴隶的主要港口，虽然门看上去并不雄伟壮观，但它的存在，见证了人类历史上那段非常沉重的过往。当我站在这道门前的时候，眼前浮现出当年一批批奴隶从这里被送出去的画面，对于他们来说，一旦跨过这道门，就再无回头路，就意味着要和自己的家乡、故土永别了。想着这些，我的心情也如同这段历史一般沉重。如今，贝宁的海水依然深蓝，土地依然赤热，但任凭海风再大，都无法吹散这人类历史上的黑暗时刻，历史应该被永远镌刻铭记。

我站在这座小小的不归门前，心中默默祈祷，希望残酷的

∧ 当年，非洲人穿过这道不归门，就要和故土永别了

不归路永不再现。

　　说起来，非洲最吸引人的地方应该是肯尼亚，那里的动物大迁徙是很多人心中向往的景观，西非并没有被太多人关注，但对我来说，那是一个充满吸引力的神奇世界，尤其是那里的一些原始村落，这也正是多哥吸引我的地方。

　　多哥虽然是世界上最不发达的国家之一，但它却有着自己的文化遗产。当地分布着很多原始村落，人们居住的房子多是泥制的塔形建筑结构，包含了居住、做饭、储存粮食，甚至还有抵御外族或者野兽攻击的功能，外形看上去颇似一个个碉堡。每个房子外都有院子，多哥人会在院子里养小鸡、小羊、小猪等家禽家畜，再加上房子本身的可爱造型，真让人有一种来到

∧　贝宁，被列入《世界遗产名录》的阿波美王宫的石刻

了玩具世界的感觉。

虽然多哥的生活条件并不好，但这里的人们仍旧用自己的智慧因地制宜地生活着。在多哥，给我最多触动的是生活在这里的孩子们。在这些与外界几乎没有联系的村落里，我想拿出相机给孩子们拍几张照片，但孩子们看到我拿出的这个陌生物件后竟被吓得到处乱跑。在他们的世界里，这是一个奇怪的甚至可能带有一定危险的东西。

我只得蹲下身来，拿起相机给自己拍照，以这样的方式消除他们的恐惧。好奇终究是孩子的天性，慢慢地，他们又向我这边靠近过来，当他们从我的相机屏幕上看到自己的模样时，都开心又惊喜地跳了起来。看到孩子们不再害怕，我示意他们看镜头，孩子们在镜头前逐渐放下了内心的戒备，脸上逐渐浮现出天真烂漫的笑容并做起各种搞怪的表情来。当我回放照片给他们看时，他们都惊喜万分，兴奋地大叫，然后纷纷跑回家要把这个惊喜分享给他们的妈妈。

在这个世界上，依然有很多人对外界一无所知，他们代表着我们的过去，甚至是人类最初的模样。旅行时，我也会感到一种无奈的地方，那就是很多事情我们无法改变，甚至你不知道改变对他们来说到底是好还是不好。我只能安慰自己，每一个国家、每一个人，都会有属于自己的成长之路。

离开多哥之后，我的下一站是塞内加尔。

非洲真是太炎热了，我感觉从抵达西非开始，额头上的汗就没有干过。顶着太阳我来到了达喀尔，这里有一个小小的

∧∨ 孩子们和我一样，对这个世界充满着好奇

粉红色湖泊，因为这美丽的湖水，当地人给了它一个浪漫的名字——玫瑰湖。

玫瑰湖的含盐量高达 380 克/升，媲美死海，因此即使不会游泳的人躺在水中也不会下沉。湖水之所以呈现粉红色是因为湖中生活着大量的嗜极菌，这是一种在极端恶劣的环境中也能生存的喜盐微生物，它们在盐分浓度高于 80 克/升的水中生长旺盛，这些微生物与湖水中丰富的矿物质发生化学反应后，使得湖水在阳光的照射下变成了玫瑰花般的粉红色。美丽而浪漫的颜色让这个小小的盐湖举世闻名。

玫瑰湖不仅拥有美丽的色彩，其中的盐分也给当地人带来了财富。很多当地的居民都依靠这片湖泊为生，站在湖边，你会看见皮肤黝黑的男人驾着小舟在粉红色的湖水中劳作，湖边身着艳丽衣裙的女人在成片的白色盐丘边晒盐，动作非常娴熟。

西非的每个国家都不大，在这些国家之间往来，感觉有些像在欧洲旅行。

我的下一个目的地是冈比亚，我知道那里很穷，但当我到达那里的时候，才知道这个国家贫穷的程度超乎了我的想象。在冈比亚，街上跑的都是马车和驴车，道路两边散落着一些破旧的房屋，整个国家的生活设施非常落后。

然而作为旅游目的地的冈比亚，却有一些独特的景观，被列入《世界遗产名录》的塞内冈比亚石圈就是其中之一。塞内冈比亚石圈由四个大区的石头集阵组成，其中两个位于冈比亚

∧ 塞内加尔的玫瑰湖

∨ 我在玫瑰湖为自己代"盐"

境内，两个位于塞内加尔境内。这些石头都很高大，呈深红色，一根挨着一根默默地矗立在阳光下，由它们围起来的石圈是当地古老的坟墓。这些石头和石圈存在了 1000 多年，它们在向世人诉说着这里久远的历史和远古时期人类的生活。

尽管这些石圈是古代墓地的遗迹，但当地人对它并不惧怕，我看见很多当地的孩子在其中玩耍。

除了石圈，冈比亚还拥有美丽的海滩，每年都会吸引很多人前来度假，来自欧洲的游客尤其喜欢这里。

接下来，我要去毛里塔尼亚，它在西非西部偏北的位置，境内有三分之二的地区都是沙漠，著名的古城欣盖提就在这片沙漠之中。古城欣盖提被沙漠掩埋了 200 年，至今依然保持着

∧ 冈比亚的世界文化遗产

当年的风貌，是一座真正的沙漠之城。

欣盖提曾经是北非去往欧洲的沙漠商队的必经之路，这里曾经非常繁荣热闹，不知有多少商队在此休息，也不知有多少商品被带到了这里。可惜时移世异，随着另外一些大型商业城市的崛起，商队开始转移，欣盖提的繁华也走向了没落。

欣盖提的街道都比较狭窄，被黄沙覆盖着。它独有的安静和传奇的历史让人着迷。走进欣盖提，我宛如走进了一场即将开演的戏剧，一个个故事即将随着风沙徐徐展开。

在欣盖提有一座历史悠久的图书馆，我非常想去一探究竟。远远看去，这座图书馆也是黄沙的颜色，建筑的样式和我们印象中的图书馆相去甚远。这里的管理员是一位老人，

∧ 西非的一切似乎都会被染成一种"火"的颜色

他手持一段木头领着我走向图书馆的大门，我正在好奇这段木头的用途，就见老人已经利索地用它打开了门。"这是钥匙啊！"我惊叹道，老人连连点头。我将木头借过来拿在手里仔细端详，老人一脸的不可思议，那表情好像在说：这个年轻人怎么这般没见过世面？是啊，在非洲，又有谁敢说自己见过世面呢？

老人拉着我走进图书馆，随手翻开一本书给我看，我虽看不懂那些文字，却能感觉到那是岁月的沉淀和智慧的结晶，那

△ 欣盖提让我想起了三毛笔下的撒哈拉小镇

些文字的笔画铿锵有力，老人说，这上面书写的是欣盖提的历史。我默默地点了点头。在这座并不太大的图书馆里，尘封着这座古城一路走来的故事。

离开欣盖提后，我继续在毛里塔尼亚的旅行，下一站是神奇的撒哈拉之眼——一个人类至今都没能揭开的谜团。撒哈拉之眼是全球十大最壮观的地质奇迹之一，它是一个巨大的同心圆，直径达到48公里，在太空上都清晰可见。有人说它是火山喷发形成的，有人说它是陨石撞击后留下的，也有人说它是地质结构运动的结果，总之有太多关于它的猜测，但至今没有定论。

我决定乘坐飞机飞上2900米的高空，去俯瞰它的全貌。当飞机徐徐升起，我在感觉震撼之余更心生敬畏，它大得惊人，一圈又一圈的同心圆逐渐扩散出去，当你在高空与它遥相对视时，心底竟会生出一丝恐惧，我瞬间明白为什么会有人称它是"地狱之眼"了，因为它的外形、颜色都会给人一种吸入感，像是通往另一个世界的入口，随时都可能把你吸走，让你脱离自己所熟悉的一切，去向未知。

我不知道在我有生之年是否能够等到揭开谜团的那一刻，这个世界有太多的神秘，也有太多的未知，人类文明虽然已经发展到了一定的高度，但和整个宇宙相比，终究还是渺小的。

"你见过它多少次了？"我几乎是用吼的声音询问飞行员。

"上百次。"他回答。

西非十几个国家我没有办法一次走完，尽管还有一些地方未去，但这趟旅行足以让我改变。回想这一路，我无数次被一些很平常很生活化的场景所打动。比如，我驱车来到塞内加尔的姆布尔的海滩，抵达时已夕阳西下，沙滩上人很多，人们把这里当成了运动场，有人在跑步，有人在做俯卧撑，有人在踢球，有人在训练，热闹却也井然有序。夕阳照在海面上泛起温暖的光芒，大西洋的海风轻轻吹拂着面颊，我忽然觉得这是这趟旅行中最美好的一刻。

我来到你的生活，不惊不扰，看你最放松的模样，便是万千美好。看过的风景会深深印入脑海，见过的人和事会洗涤心灵，西非神秘的地质奇观让我感受到人类的渺小，原始村落的生活让我回到人类的过去，历史的遗迹让我明白一路走来的不易，所见、所遇、所闻都让我深受震撼。

或许再过些年，我还会踏足这片土地，再去看看这些我曾走过的地方，或是去看那些尚未看过的风景。这片土地有太多的故事、太多的历史、太多的神奇。

西非之行让我了解到，幸福或许就是尊重，尊重时间，尊重他人的成长轨迹，让一切可以从容地慢慢来。

1 在毛里塔尼亚乘坐飞机寻访地质奇观撒哈拉之眼

> 他们说，地球在撒哈拉沙漠睁开了眼睛

CHAPTER 8 在远方读懂幸福

CHAPTER 9

被旅行改变的人生

2019
01 月

环游世界，从来都不是炫耀

在很多人眼里，环游过世界的人身上有一种光环，因为环游世界是很多人梦寐以求的事，你做到了，别人自然会心生羡慕。对于这种羡慕，我很理解，但是就旅行本身而言，它并不值得炫耀。

曾经在《城市画报》上读到一句话，"赶快上路吧，不要有一天我们在对方的葬礼上说，要是当时去了就好了"。我当初放下一切去环游世界和这句话是有关联的，不知道为什么，26岁的我，特别害怕生命中留有遗憾。所以，去旅行并不是为了有一天能成为别人眼中那个去过很多地方、让人羡慕的人，而是我给自己生命的一个交代罢了。

不过，随着在路上的经历越来越丰富，我对于旅行的理解从单一变得更加多样，这也是我现在依旧还在路上的缘故。比

∧ 孩子是世界的希望

如，当我来到印度，才发觉偏见会让人错失很多东西，我发现原来通过旅行可以让人学到很多对生活有指导意义的道理，以至日后当我遇到一些心怀执念的事情时常会问自己："真的是这样吗？"一句扪心自问，让我的世界更加宽广。我发现，旅行是一本书，每一个章节都会对你的人生有很大的帮助，我捧起它，迫不及待地翻阅着，停不下来。

在去玻利维亚的路上，我意外丢失了行李，接下来的五天里，我不得不一边调整情绪一边沉着应对，解决问题的勇气和能力都得到了提升，这让我在以后再次面对困难时变得从容了许多，也让我对旅行有了更多期待，我期待着它继续激发出我的潜力，让我变成更好的自己。

旅行也会带你进入不一样的世界，让你看到生活在不同地域的人在信仰、认知、追求、生活状态等方面也存在着强烈的反差，这种反差会提升我们对于外部世界的接纳度，唤醒人类最宝贵也最需要的相互尊重的意识，从而建立起一个多元价值共存的认知体系。只有这样，我们才能做到海纳百川、有容乃大。

虽然现代医学已经非常发达，可是在多哥的时候，我才知道这里的人还在依靠巫术治病。巫毒教是多哥非常盛行的一种原始宗教，你能在多哥的巫术市场里看到很多动物的遗骨和皮毛，巫毒教的巫师会用这些帮人治病祈福。他们会把动物的一些骨头或者皮毛放入人的体内，以达到他们所求的驱除邪恶的目的。

∧ 西非多哥巫毒教的巫毒娃娃

我在市场里就亲眼看见当地人的背部有被缝合的伤痕，这伤口就是曾经放入动物皮毛之后被缝合的痕迹。我不想去评论他们的方式，哪怕在一般人看来，这是荒谬的，可是旅行早已告诉我，任何事物的存在都有它的缘由。

我一直觉得旅行是可以让人重生的，原因很简单，因为旅行会为你的生命注入新的内容，不断冲击你原有的认知。对我来说，旅行已经不仅是一种生活方式，也为自我了解、成长和改变提供了途径。

现在，个人旅行和工作旅行在我的生活中不断交替着，其实，工作旅行给我带来的塑造和改变并不亚于个人旅行，因为旅行本身并不会因为性质不同而产生变化，它们都在帮助我完成我与自己、我与世界的对话。

从西非回来后，我又重新投入了工作。这是一个公益项目，我以志愿者的身份参与其中，它又为我打开了新的世界。

以往，我所理解的公益仅仅包括人道主义救援、对贫困的救济和一些慈善的捐赠，直到我参与了这个道路安全训练营的公益项目，才了解公益更为广泛的内涵。

在这个项目中，志愿者们走进校园，为孩子们宣讲道路安全知识，通过寓教于乐的活动和游戏，让安全意识深入每一个孩子的内心。

在游戏中，当我们在给孩子们普及"开车时，14岁以下的儿童不能坐在副驾驶的位置，即使有大人抱着也不安全"这个知识点时，坐在我旁边的小女孩悄悄告诉我，她妈妈就经常会

一念起，万水千山

∧∨ 参加有关儿童道路安全的公益活动

抱着弟弟坐在那个位置。我拍拍她的小脑袋问:"那现在你知道了吗?"她点点头,坚定地表示回家后一定要把这一点告诉家里人。

看着她严肃的小脸蛋,我内心的责任感油然而生。正是这份责任感让我意识到公益的力量。通过这种公益活动,哪怕我们只影响了一个人,看似微不足道,但背后却关系着一个家庭。

这次活动让我重新理解了公益的意义,除了那些巨额的捐款和高调的慈善拍卖以外,慈善还可以是我们身边一次再寻常不过的陪伴、一句充满关爱的提醒、一个传递价值的活动或游戏,它的内核是帮助他人,是对生命深沉的爱和真正的关怀。曾经我以为自己离公益很远,可是现在,我知道公益就在我们每一个人的身边。

从我在旅行分享会上收到了第一位关注者的留言开始,我就意识到,每个人都可以成为一个能量源,在不经意间给他人带去希望和勇气。这些留言让我知道,我的选择、我在做的事情也鼓舞了他们,让他们看到自己也可以抵达梦想中的远方。

我一直相信,有着共同追求的人一定有机会相遇,虽然有些人并没有选择环游世界,但因为我们有着相同的梦想,对生活有着相同的态度,因此我们能够彼此认同,这是最让人感动的事。

旅行,从来都不是一种炫耀,它只是自己一次次成长和改变的记录,旅行告诉你世界的模样,而你会在旅行的过程中重塑自己。我们不必羡慕任何人,因为每个人都有自己的轨迹,我们应该关注的是成长本身。

被误解的中国人

由于认知的局限，我们会对自己不熟悉的地方和人产生误解。同样，对于很多遥远的地方而言，中国也是陌生的，也会被他们误解。所以在旅行中，我也会尽力让自己成为一个"真实中国"的讲述者。

在新西兰飞跃福克斯冰川时，我被同行的新西兰伙伴打趣道："你们中国人不是有些人会飞吗？"

我愣了一下，没明白他这话的意思。

"因为功夫？"我反问。

"对啊。"对方回答。

在旅行途中，这样的误解经常发生，有些会让人哭笑不得，有些会让人觉得不可思议。我们不会因为看了《权力的游戏》就认为美国人还穿着盔甲，而他们却真的会因为看了一部功夫片，就认为中国人都会功夫！

现在网络如此发达，人们获取信息的途径如此便捷，但还是存在着这么多的认知缺失，这又激发出了我内心的责任感。作为中国人，我要告诉他们真实的中国是什么样子。

在摩洛哥的时候，我跟一位沙发主聊天，他告诉我，因为曾经着迷中国的武侠片，所以对于中国人的印象一直是长发飘飘、腰间佩剑、来去骑马。那一刻，我整个人都凝固了，不知该如何回应。

我缓了缓神，对他说现在的中国人和我一样，完全不是武侠片中的模样。现在的中国，满街都是汽车，大家也喜欢奔驰、宝马，人们腰间不会佩剑，出门只带手机。

对于中国的饮食文化，外国人也会有很多让人哭笑不得的理解。

在伊朗的时候，我被问是不是中国人都爱吃狗肉，还有一些地方的人认为中国人都吃蛇。虽然这些在中国都只是极少数人的行为，但在国外，却被一些当地的媒体大肆宣扬。

最夸张的一次是我在俄罗斯，一个年轻人遇到我，显得很激动，表示想向我求证一个问题。只见他神情飘忽，显得极其为难，几次都欲言又止，我便做好了心理准备，我拍拍他肩膀对他说："没事，你大胆问。"

在我的鼓励下，他又认真地斟酌了一番，最后终于鼓起勇气开了口，"中国人是不是吃婴儿……"

当我听到"Baby"这个单词的时候，喝到嘴里的那口水直

接喷了出来了。

他瞪大眼睛望着我,期待着我的回答。

我忍不住笑了起来,"不,你这是从哪里听来的?"

听到我否定的回答后,他整个人都放松了下来,也不好意思地笑了。

对于他的提问,我猜测可能是因为我国的中医文化中会以胎盘入药,可是胎盘和婴儿完全是两回事,这一定又是以讹传讹的结果。

这么多年在外旅行,我注意到国外很多媒体的报道有时候是很主观的,有的国家的媒体甚至会为了吸引眼球或者其他一些目的精心制造出一些新闻来。

我还遇到过一个真实的故事。当我在印度旅行时,一个印

∧ 行走世界,我也有机会成为外国人了解中国的一个窗口

度朋友告诉我,在中国的城市中,他只听说过北京、上海和广州,他问我:"中国还有其他城市吗?"

我一口气给他列举了十几个中国的城市,并且告诉他中国的城市一共有 600 多个。惊讶之余,他又问:"你们的上海有没有我们的孟买这么繁华?"

说实话,这个问题真的让我有点儿左右为难。上海的繁华有目共睹,凡是去过的人,都会认同,但要刻意向他解释,又多少显得不够谦虚,中国文化向来都是内敛含蓄的。

也许,我们对印度有多少误解,印度人对于我们也一样有多少误解。从那以后,我的手机里都会保留一些中国各地的照片,如果再遇到这样的问题,就让照片自己说话吧。

一个留学生也曾经跟我提到过一件事,她在欧洲旅行的时候,乘坐"欧洲之星"从伦敦到巴黎,列车上坐在她旁边的外国朋友问她:"在中国应该没有这样快的列车吧?"我听了之后非常能够理解她当时的心情。中国的高铁在很多方面都已经远远超越了"欧洲之星",特别是复兴号,时速已经达到了 350 公里。类似这样的误解,真是无处不在。

外国人对于中国的认识,有些来自古老的传说,有些是以讹传讹,有些则是因为媒体的别有用心,而所有的这些其实都来自认知的局限。真实的中国到底是怎样的,我想每一个中国人都有一份责任,要将这个答案传递出去。

旅行让我改变了很多,但唯独没有改变的是我对祖国的爱,而且这份爱,我走得越遥远,它就越深切。

不可复制的人生

从 2014 年我辞职去旅行到现在已经八年了，成为一个职业旅行者也已经五年有余。其间，我经常收到一些关注者的留言，也接受过很多媒体的采访，在大家的提问中有一个问题备受关注，那就是我是如何将旅行发展成为自己的事业的。

在自媒体的这条赛道上，有一条公认的法则，那就是流量决定一切。我的成功，也恰恰在于我在自媒体上发布的内容，被越来越多的人所关注。那么什么样的内容能够带来流量呢？偶尔一条内容获得 10 万以上的阅读量，并不是很难的事情，真正难的是可以持续不断地输出高品质内容。当大家都在期盼流量的眷顾时，我们应该时刻在心底提醒自己"内容为王"。

客观地说，当初我辞职只为了要完成环游世界的梦想，这件事本身就比较容易引起人们的关注，因为工作和生活的压力，

∧ 录制中央电视台的节目

年轻人渴望改变，渴望偏离原来的生活轨道去远方看看。旅行，从某种意义上来说，是对现实生活的一种调节，旅行是轻松的、愉快的，所以人人向往。但对大多数人来说，旅行只是一个短暂的假期，而我的选择是辞职，这多少显得有些不同寻常，因此，也就自然获得了一些人的关注。

辞职去旅行，对于我来说，并不是一个轻率的决定，在我真正付诸行动之前，我是经过深思熟虑的。其中有我对于枯燥生活的抗争，有我对大千世界的好奇，也有我对于生命意义的思考。或许恰好有一些年轻人也和我有同样的心境、质疑和渴望，他们在我身上看到了自己的影子，所以我的所作所为在他们的内心产生了共鸣，我的选择让他们看到了生命的另一种可能。

随后，我在旅途中不断记录着一路上的所见、所闻、所感、所悟，那些美丽的景色、真实的生活和感人的故事被我的文字和图片一一展现出来，我眼中的世界，也被所有关注我的人慢慢了解。

如果你要问我所记录的内容有什么特别之处，我想那便是其中真实的故事。每当我去到一个陌生的国家或城市，我都希望有机会去接触一下当地人，我会关注他们的境遇、他们的生活，以及他们的梦想。

记得作家余华曾在书里写过这样一个故事，一个波兰农民在第二次世界大战期间将一个犹太人藏在家中的地窖里，保护了这位犹太人免遭杀害，直到二战结束，这位犹太人才走出地窖。以色列建国以后，当初受到保护的犹太人邀请这位波兰农民来到耶路撒冷，这位波兰农民被犹太人视为英雄。后来有人问这位农民，为什么要在战争中冒着生命危险去救一个犹太人，他回答："我不知道什么是犹太人，我只知道什么是人！"

我被这个故事深深打动，我也一直牢记着这位波兰农民所说的话。

旅行中，我并没有让自己停留在自己的世界，我总是会想办法走出去，走进一个又一个陌生的世界。

因缘际会之下，我有幸也得到了一些媒体的关注，他们对我进行的采访和报道，以及媒体发来的稿件邀约，又让更多的人知道了我。我就是这样一步步在旅行中积累了一批又一批的关注者。

环游世界回来以后，我出版了我的第一本书《来自另一个世界的风》，这本书也让我受益良多。

所有这些因素交织在一起，我很难去界定到底哪一个让我

走到了今天，它们环环相扣，有前才有后，有因才有果。如果其中任何一个环节做了改变，我可能都不会是现在的自己。

每个人的人生都是不可复制的，我们能学的只是他人做事的态度和为人处世的原则。有时候我也在想，不要说去复制别人的人生，就连我们自己的人生，若要重新来过一次，都是无法复制的。

我爱极了这无法复制的人生，因为，在这唯一一次的生命中，一切都是那么珍贵。

∧ 人生，不可复制，珍惜每一次遇见，一路向前！

后记

旅行，依旧

打开行李箱，我将收拾好的衣物整齐地叠放进去，还有旅行所需的便携式洗漱用品，然后又再次检查了一下电子产品：笔记本电脑、相机、航拍器、移动 Wi-Fi 等等，还有各个产品所需要的充电设备。长期的旅行生活，已经让我对这些程序非常熟悉，就像是在脑子里植入了一个清单，随时可以调取查询。

接着，我走到书柜前，挑选了一本书。旅行是动态的，阅读是静态的，我的每一次旅行都是这样，需要动与静的搭配，这已经成了我的习惯。如果说音乐可以成为一种记忆带你回到某个特定的场景，其实书也可以，所以每当我重读《追风筝的人》时，都会想起俄罗斯，因为我第一次阅读这本书正是在去圣彼得堡的路上。所以尽管书里描写的是阿富汗的生活，可在我的世界里，这本书却也神奇地掺入了一丝俄罗斯的气息。

我的手指在书柜中的书间滑过，最终停在日本作家东野圭吾那本《白夜行》前。这本书我买来以后一直没有时间读，这次出行的目的地是阿根廷，将会有一段漫长的飞行时光，正好是阅读的时间。尽管现在电子阅读器已经非常普及，可是很多时候，我还是更喜欢那种捧书在手的感觉。

这个时代看似浮躁，但实际上，很多人都有自己的坚守，这就是希望。很多人会因为这样或者那样的原因悲观地认为，这个世界不会好了。但我却始终坚信，无论这个世界或者这个时代多么不堪，总有一些人在不断创造着美好。这些美好，会成为星星之火，我希望自己也能成为其中的一簇火苗，虽然微弱但也能照亮一方。

我把书放在了行李箱的最外侧，方便随时拿取。行李算是整理完了，我联系好同行的伙伴，最后又检查了一遍家里煤气、热水器的阀门和开关，确认所有电器的电源都关闭了以后，我提起行李，走出了家门。

这是我第二次去阿根廷。没有任何一个地方是你仅去过一次就能完全了解的，就连我们出生且一直生活的地方，也不敢说就了解得非常透彻。所以，关于旅行这件事，又怎能以去过就作为结束呢？

一个多小时后，我抵达了深圳机场，和同行的伙伴碰了面。在机场候机的时候，我们又仔细核对了这次旅行的行程安排，以及之前已经确定好的拍摄脚本，所有拍摄细节都必须细化，所有需要的画面素材都必须列好清单，以确保拍摄时不会遗漏。

> 带着粉丝去旅行，抬头仰望，天空在冲我们微笑

候机的时间过得飞快，一转眼，机场的广播就通知我们准备登机了。

……

很多年以后，我的生活会是什么模样，我现在无法想象。但此时此刻，我知道，我在路上，而且依旧对在路上的生活充满期待与激情。

旅行，永无止境；无奈，人生有限！

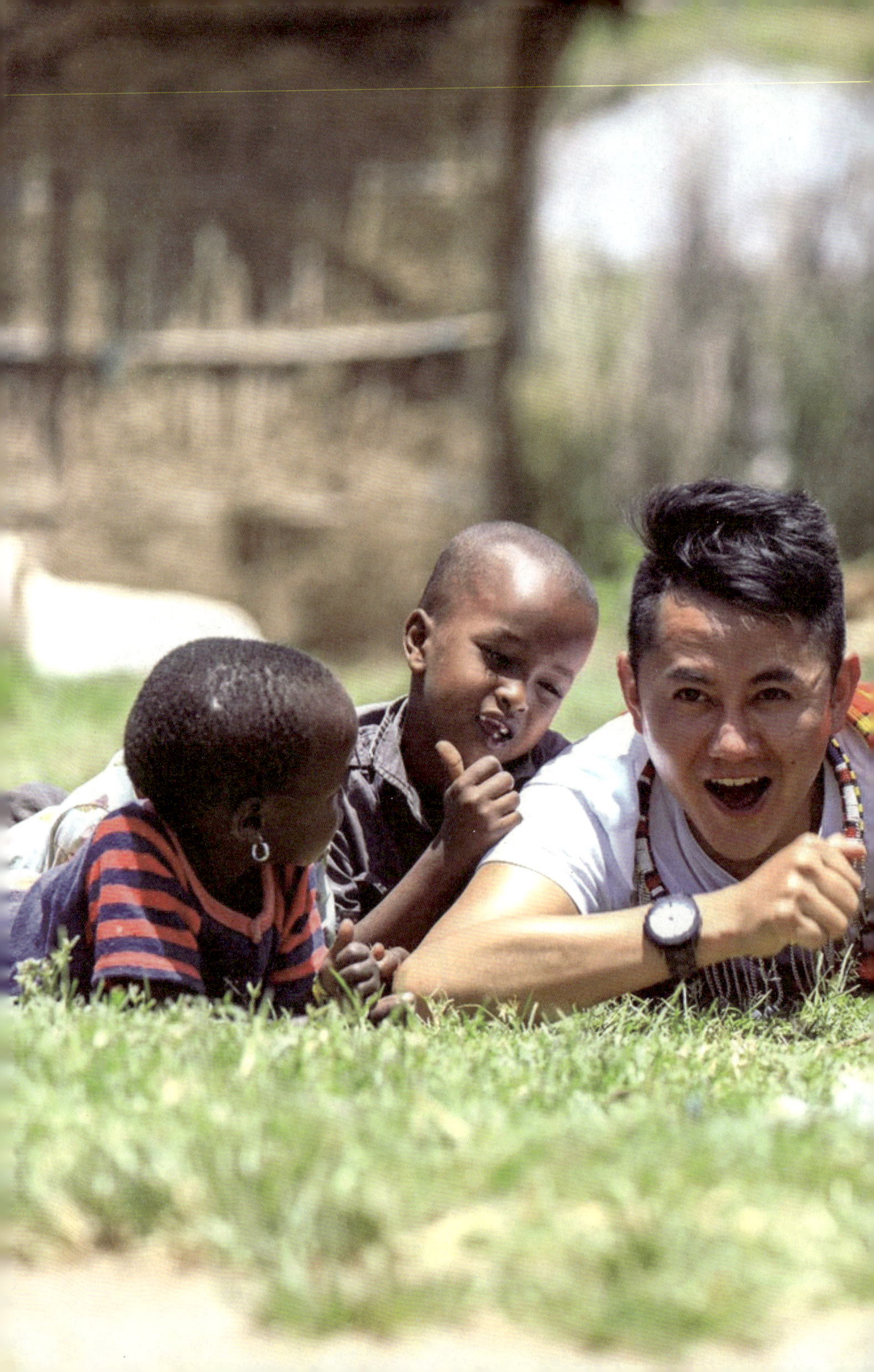

我知道，
今后我会无数次想起曾经的那些时光。
在这个纷繁变幻的世界里，
依然有很多善良、淳朴和坚韧，
可以冲淡伤痕、悲伤和恐惧。
时间的脚步，
不会停歇。
愿这个世界：
始终山花烂漫！
愿每一个人：
永远美好如初！

图书在版编目（CIP）数据

一念起，万水千山 / 北石 著．—北京：东方出版社，2022.8
ISBN 978-7-5207-2727-3

Ⅰ.①一… Ⅱ.①北… Ⅲ.①散文集—中国—当代 Ⅳ.① I267

中国版本图书馆 CIP 数据核字（2022）第 050050 号

一念起，万水千山
（YINIAN QI WANSHUIQIANSHAN）

作　　者：	北　石
责任编辑：	于旻欣
出　　版：	东方出版社
发　　行：	人民东方出版传媒有限公司
地　　址：	北京市西城区北三环中路 6 号
邮　　编：	100120
印　　刷：	北京联兴盛业印刷股份有限公司
版　　次：	2022 年 8 月第 1 版
印　　次：	2022 年 8 月第 1 次印刷
开　　本：	880mm×1230mm 1/32
印　　张：	9.5
字　　数：	190 千字
书　　号：	ISBN 978-7-5207-2727-3
定　　价：	66.00 元

发行电话：（010）85924663　85924644　85924641

版权所有，违者必究
如有印装质量问题，我社负责调换，请拨打电话：（010）85924602　85924603